The Fairy Tales of Charles Perrault

샤를 페로 고전 동화집

온 가족이 함께 읽는
샤를 페로 고전 동화집

초판 1쇄 | 2013년 11월 26일
초판 3쇄 | 2016년 10월 1일
온라인 카페 | http://cafe.naver.com/onenonlybooks

지은이 | 샤를 페로(Charles Perrault)
옮긴이 | 김설아
그림 | 유민아
펴낸곳 | 단한권의책
출판등록 | 제251-2012-47호 2012년 9월 14일
주소 | 경기도 수원시 영통구 매탄동 현대홈타운 127동 304호
전화 | 010-2543-5342
팩스 | 031-214-5320
이메일 | onlyonebook@gmail.com

ISBN 978-89-98697-05-1 (14860)
값 | 12,500원

이 저작물의 내용을 쓰고자 할 때는 저작자와 단한권의책의 허락을 받아야 합니다.
파손된 책은 바꿔 드립니다.

프랑스 옛이야기에 담겨 있는 교훈

샤를 페로(Charles Perrault, 1628. 1. 12. ~ 1703. 5. 16.)

'프랑스 어린이 문학의 아버지'가 들려주는 삶의 지혜

샤를 페로(Charles Perrault, 1628년 1월 12일 ~ 1703년 5월 16일)라는 이름은 생소할지 모르지만, 사실 그가 쓴 동화들은 전 세계적으로 모르는 사람이 없을 만큼 잘 알려져 있다. '신데렐라', '빨간 망토', '푸른 수염', '장화 신은 고양이', '잠자는 숲 속의 공주' 등이 바로 샤를 페로의 작품이다. 어린 시절에는 전집 동화나 그림 동화, 디즈니의 애니메이션을 통해 만났고, 자라서는 영화, 연극, 발레 등의 원작으로, 우리는 여전히 이 옛이야기들을 만나고 있다.

샤를 페로는 프랑스 파리 시의 부유한 부르주아 가정에서 태어났으며, 문학을 즐기는 친구들을 만나 글을 쓰기 시작했다. 1695년, 67세의 나이에 아내를 잃은 페로는 아이들에게 헌신하기로 결심한 후, 구전 민담을 모아 동화로 재구성하는 일에 전력을 다하였다. 그래서 그의 작품들은 모두 프랑스 옛이야기에 바탕을 두고 있다. 그저 입으로 전해지던 이야기들이 당당히 어린이 문학으로 자리 잡게 된 것이다. 이후 샤를 페로는 널리 알려지게 되었고, '프랑스 어린이 문학의 아버지'란 호칭까지 붙게 되었다. 또한 그는 자신의 주변에 있는 이미지를 이용해 동화를 창작했는데, 위세 성의 이미지가 《잠자는 숲 속의 공주》에 사용되었고, 와롱 성의 후작은 《장화 신은 고양이》에 등장한다. 1691년부터 1696년까지 페로의 동화가 발표되었을 때, 사람들의 반응은 각양각색이었다. 서사시 같은 고전적 형식에 익숙했던 독자들은 페로의 작품을 그저 가볍게 읽고 지나가는 이야기로만 여겼다. 반면 소박한 이야기 속에서 유익한 교훈을 얻을 수 있다는 독자도 있

었다. 한 번쯤 들어본 듯한 옛이야기들을 명쾌하면서도 소박한 문체로 써 내려간 페로의 동화가 독자들에게 묘한 감동을 준 것이다.

페로의 동화는 옛이야기, 고전 산문을 바탕으로 교훈을 강조한 것이 특징이다. '당나귀 가죽'과 같은 운문 동화는, 당시 문학의 고전적 형식이라 여겼던 그리스 로마 산문에서 소재와 형식을 빌렸다. 하지만 페로가 새로 동화로 엮으면서 '선은 보상받고 악은 벌을 받는다'는 교훈이 명확히 드러나도록 구성했다. 고대 산문의 풍부한 서사적 특징은 남겨 놓으면서, 우아한 고전 형식에만 열광하던 당대 독서 풍토를 꼬집어 내려는 의도였다. 프랑스 옛이야기를 각색한 '신데렐라', '장화 신은 고양이' 등도 권선징악을 강조한 점이 두드러진다. 이들 작품 역시 당시 사회의 부조리와 불합리를 파헤치고자 했던 작가 정신이 빛났음을 알 수 있다. 작품에서 전하고자 했던 교훈은 다소 상투적일 수 있지만, 이야기 속에서 상징과 은유로 메시지를 전달하는 방식은 탁월하다. 이 책에는 너무도 잘 알려진 페로의 대표작 '잠자는 숲 속의 공주', '푸른 수염', '신데렐라' 등을 비롯한 총 10편의 동화를 영문본과 함께 실었다. 옛이야기라는 것은 저자가 따로 있는 것이 아니라 입에서 입으로 전승되는 것이다 보니 시대나 지역, 이야기하는 사람마다 이야기가 조금씩 다르다. 이 책은 샤를 페로가 1697년에 발표한 초판본 페로 동화이다.

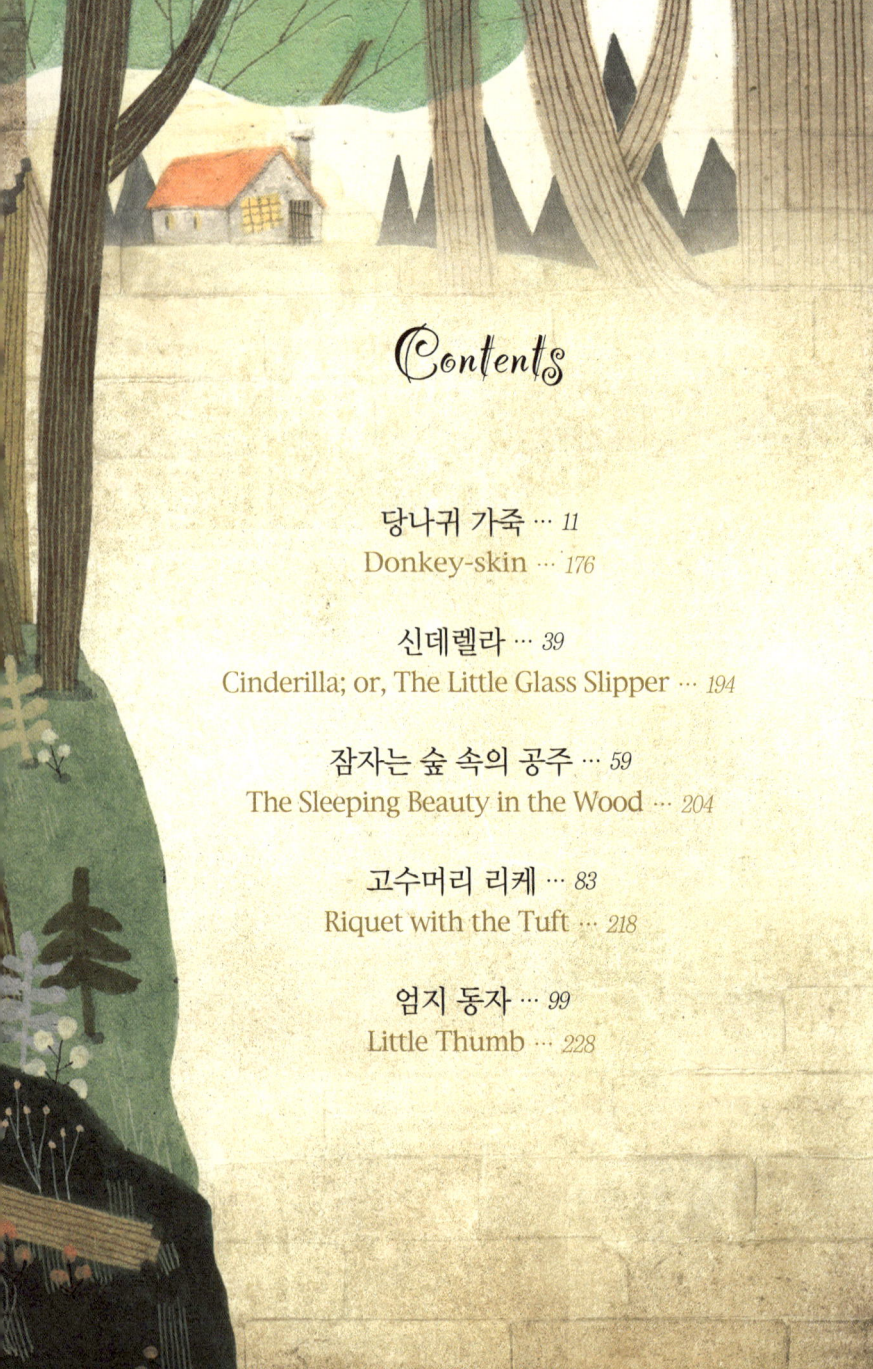

Contents

당나귀 가죽 ··· *11*
Donkey-skin ··· *176*

신데렐라 ··· *39*
Cinderilla; or, The Little Glass Slipper ··· *194*

잠자는 숲 속의 공주 ··· *59*
The Sleeping Beauty in the Wood ··· *204*

고수머리 리케 ··· *83*
Riquet with the Tuft ··· *218*

엄지 동자 ··· *99*
Little Thumb ··· *228*

장화 신은 고양이 ··· *121*
The Master Cat; or, Puss in Boots ··· *242*

어리석은 소원 ··· *135*
The Ridiculous Wishes ··· *250*

빨간 망토 ··· *145*
Little Red Riding Hood ··· *255*

요정 ··· *153*
The Fairy ··· *259*

푸른 수염 ··· *161*
Bluebeard ··· *264*

The Fairy Tales of Charles Perrault
Donkey-skin

당나귀 가죽

당나귀 가죽

옛날 옛적에 어느 왕이 매우 인자하여 백성들과 이웃 나라, 동맹국들의 존경을 받고 있었다. 사람들은 그가 세상에서 가장 행복한 군주라고 입을 모아 말했다. 왕비 또한 매우 아름답고 덕망이 있었다. 왕은 왕비와 함께 아주 행복하게 살고 있었다. 왕과 왕비에게는 딸이 한 명 있었는데, 공주는 타고난 재능이 많아 그들은 다른 아이를 갖지 않고도 전혀 남부럽지 않았다.

궁전 안에는 온갖 화려한 것들과 산해진미가 가득했고 늘 풍요로웠다. 현명하고 유능한 대신들과 덕망 있고 충성스러운 조신들, 충실하고 부지런한 몸종들까지 궁전에는 부족한 것이 없었다. 널찍한 축사는 세상에서 가장 아름다운 말들과 값비싼 장비들로 가득 차 있었다. 하지만 왕과 왕비를 알현하러 온 이들이 가장 놀란 것은 최고급 마구간에 있는 귀가 크고 기다란, 몸집이 큰 당나귀였다.

왕이 이 당나귀를 특별히 눈에 띄는 근사한 곳에 둔 것은 그럴 만한 이유가 있기 때문이었다. 이 당나귀에게는 특별한 재주가 있었다. 다른 당나귀들의 축사와는 달리 이 당나귀의 축사는 매일 아침만 되면 빛나는 금화로 가득 찼던 것이다. 매일 이 당나귀의 축사에서 금화를 담아 왔지만, 다음 날 아침이면 또다시 금화로 가득 찼다.

하지만 좋은 일은 항상 나쁜 일과 함께 오듯이, 왕의 평화로운 삶을 완전히 바꿔 놓을 일이 왕을 기다리고 있었다. 여왕이 갑자기 죽을병에 걸린 것이다. 온갖 의술을 다 동원하고 나라의 내로라하는 실력 있는 의사들을 모두 데려왔지만 병을 치료할 수 없었다. 온 나라가 깊은 슬픔에 잠겼다. 결혼은 사랑의 무덤이라는 유명한 속담이 무색하게 아내에게 깊은 애착을 가지고 있었던 왕은 몹시 괴로워하며 나라 안의 모든 사원을 돌며 아내의 쾌유를 빌었다. 왕은 사랑하는 아내를 위해 자신의 목숨을 바치겠다고 신과 요정에게 빌었지만 소용이 없었다. 자신의 마지막 순간이 다가온 것을 감지한 왕비는 눈물을 흘리며 왕에게 말했다. "죽기 전에 폐하께 한 가지만 말씀드리겠습니다. 아마도 폐하는 다시 결혼을 하고 싶어지시겠죠." 이 말에 왕은 애처로운 눈물을 흘리며 아내의 손을 꼭 잡고, 재혼이란 있을 수 없다며 단호하게 말했다.

"아니오, 부인. 차라리 당신을 따라오라고 말하시오."

"이 나라엔 왕위 계승자가 필요해요. 저희에겐 딸 하나만 있으니 대신들은 분명 당신을 닮은 아들을 낳아야 한다고 간청할 거예요. 하지만 저보다 더 아름답고 완벽한 맵시를 풍기는 여인을 찾기 전까지는 대신들의 설득에 넘어가지 않겠다고 약속해 줘요. 저에게 이것만 맹세해 주신다면 전 편히 죽을 수 있을 것 같아요."

어쩌면 자부심이 강했던 왕비는 이 세상에 자신만 한 여인은 있을 수 없기 때문에 왕이 다시는 결혼하지 못할 것이라 확신하고, 이러한 맹세를 받아 내려 했을 것이다. 얼마 후 왕비가 죽자 왕은 크게 애통해하며 밤낮으로 흐느껴 울었다. 왕비의 장례를 아주 사소한 것까지도 직접 꼼꼼하게 챙기는 것이 왕의 유일한 일이었다.

하지만 아무리 큰 슬픔이라도 영원하지는 못하다. 시간이 흐르자 원로들이 모여 왕에게 새 왕비를 얻으라고 간청했다. 처음에 왕은 이러한 요청을 듣고 힘들어하며 다시금 눈물을 흘렸다. 왕은 왕비에게 했던 맹세를 거론하며, 대신들에게 왕비보다 더 아름답고 매혹적인 여인을 찾아오라는 명을 내렸다. 하지만 왕은 내심 그것이 불가능할 것이라 믿고 있었다. 반면 이 약속을 하찮게 여긴 원로들은 왕비가 될 여인은 덕이 있고 아이만 낳을 수 있다면 아름다움은 별로 중요하지 않다고 말했다. 나라의 평화와 번영을 위해서는 나라에 왕자가 필요했다. 사실 왕의 딸인 공주가 위대한 왕비가 될 수 있는 모든 자질을 갖추었다 하더라도 공주는 당연히 다른 나라의 왕자를 신랑으로 맞이할 것이므로 남편을 따라 그의 나라로 가게 될 것이었다. 반대로 왕자가 공주의 나라에 남아 보위를 잇는다면 이들의 아이들은 순수한 이 나라의 후손이라 할 수 없으므로 왕자 자리에 걸맞은 자가 없게 된다. 이 혼란한 틈을 타 이웃나라에서 전쟁이라도 일으키면 나라는 몰락하고 말 것이다.

이러한 상황을 들은 왕은 이 문제에 대해 생각해 보겠다고 했다. 또한 결혼 적령기의 공주들 중 왕에게 어울릴 만한 이를 찾는 작업도 계속되었다. 매일같이 매력적인 공주들의 그림이 왕에게 전해졌지만, 누구도 죽은 왕비의 아름다움을 쫓아가지 못했다. 왕은 재혼을 결심하기는커녕 아내를 잃은 슬픔을 곱씹다가 마침내 정신이 이상해지고 말았다. 왕은 자신이 다시 젊은 시절로 되돌아간 망상을 하게 되었고, 젊고 아름다운 자신의 딸인 공주를 젊었을 때 자신이 구애하던 왕비로 착각하였다. 그리하여 왕은 이 불쌍한 소녀에게 자신의 신부가 되어 달라며 매일같이 청혼하였다.

고상하고 순결한 어린 공주는 아버지인 왕의 발아래에 무릎을 꿇고 자신의 모든 언변을 동원해 그 비정상적인 욕망을 거두어 달라고 간청했다.

광기에 사로잡혀 있던 왕은 공주가 이토록 필사적으로 결혼을 마다하는 이유를 이해하지 못했다. 왕은 나이 든 사제에게 공주의 판단력을 되돌려 달라고 부탁했다. 신앙심보다 야망이 더 컸던 사제는 강력한 힘을 지닌 왕을 위해 숭고한 대의명분을 저버렸다. 사제는 왕이 올바른 정신을 되찾을 수 있도록 도와주지는 않고 그의 망상을 더욱 부추겼다.

괴로움으로 끙끙 앓던 어린 공주는 마침내 자신의 대모인 라일락 요정을 생각해 내고 요정에게 이 일을 상담하기로 했다. 공주는 그날 밤 온 마을의 길을 모두 알고 있는 큰 양이 모는 작은 마차를 타고 길을 떠났다. 공주가 요정의 집에 도달하자, 공주를 무척 아끼는 요정은 공주가 올 것을 미리 알고 그녀를 반겨 주었다. 요정은 공주에게 아무 걱정도 하지 말라고 위로해 주었다. 요정은 자신이 하는 말만 잘 따라준다면 그 어떤 것도 공주를 해치지 못할 것이라고 말했다. 요정이 공주에게 말했다. "어린 공주야, 아버지의 소원을 들어주는 것은 크나큰 죄악이란다. 아버지를 화나게 하지 않고 그 일을 피해갈 수 있지. 네 아버지께 날씨의 색으로 된 드레스를 만들어 너의 기분을 풀어 달라고 말하렴. 아버지가 아무리 널 사랑하고 권력을 다 가지고 있다 하더라도 그런 옷은 너에게 만들어 줄 수 없을 것이다."

공주는 대모에게 진심으로 감사의 마음을 전하고 다음 날 아침, 요정이 말해준 대로 왕에게 고하였다. 공주는 날씨의 색으로 된 드레스를 가져오지 않는다면 아무도 자신을 신부로 맞이할 수 없을 것이라고 단호히 말했다. 이 말에 다시금 희망을 얻고 크게 기뻐한 왕은 나라에서 가장 솜씨 좋은 일꾼을 모두 불러 공주가 말한 옷을 짓게 했다. 옷을 제대로 만들지 못하면 왕이 모두 교수형에 처할 판이었다. 하지만 다음 날이 되자 일꾼들은 무척 훌륭한 옷을 만들어 왕에게 바쳤기 때문에 끔찍한 처형은 면할 수 있었다. 옷을 펼치자 더없이 아름다운 푸른색 빛을 띤 하늘이 금빛 구름에 둘러싸인 무척 사랑스러운 드레스가 완성되어 있었다. 이를 본 공주는 다시 시름에 잠기며 어찌할 바를 몰랐다.

공주는 다시 한 번 요정을 찾아갔다. 요정은 자신의 계획이 실패로 돌아간 것에 매우 놀라며, 이번에는 달의 색을 띤 드레스를 요청하라고 공주에게 이야기해 주었다.

왕은 또다시 가장 영리한 일꾼들을 찾아내 달의 색을 띤 드레스를 만들라고 명령했다. 명령을 받고 나서 24시간이 지나기 전에 옷을 대령하지 않으면 이들 역시 처형을 받게 될 것이었다.

드디어 완성된 드레스가 전달되자 공주는 이것이 무척 마음에 들었지만, 한편으로는 또다시 절망할 수밖에 없었다. 이 사실을 모두 알게 된 라일락 요정은 서둘러 공주를 찾아와 위로하며 말했다. "네가 만약 태양의 색으로 된 드레스를 만들어 달라

고 한다면 네 아버지인 왕도 당황하지 않을 수 없을 것이다. 그런 드레스를 만드는 것은 도저히 불가능하지. 어쨌든 우린 시간을 벌게 되는 거란다."

이리하여 공주는 요정이 말한 드레스를 다시 한 번 왕에게 요청했다. 공주에게 푹 빠져 있던 왕은 딸의 말을 거절하지 못했다. 왕은 최고의 드레스를 만들 생각에 자신의 왕관에 있던 다이아몬드와 루비를 미련 없이 모두 내놓았다. 태양만큼 아름다운 드레스를 만들 수만 있다면 그 어떤 것도 아까울 것이 없었다. 그리고 마침내 드레스가 완성되자, 그것을 펴본 모든 이들은 너무 눈부셔 눈을 뜰 수 없었다. 사실 색안경과 선글라스는 이때부터 시작된 것이리라.

공주는 어땠을까? 공주 역시 그토록 아름답고 예술적인 드레스는 본 적이 없을 정도였다. 그녀는 너무 놀라 할 말을 잃고 말았다. 공주는 짐짓 너무 눈부셔 눈을 뜰 수 없는 척하며 자신의 방으로 돌아왔다. 방에는 요정이 공주를 기다리고 있었다.

태양을 닮은 드레스를 본 라일락 요정은 분노로 얼굴이 시뻘겋게 되었다. "오! 이번에는 왕을 시험해 보자꾸나. 왕이 아무리 미쳤다고 해도 이 요청을 들으면 그도 조금 놀랄 거란다. 왕에게 그가 너무나 아끼는 당나귀의 가죽을 달라고 하렴. 자, 어서 가서 그 가죽을 갖고 싶다고 꼭 말해야 한다." 공주는 이 난관에서 탈출할 또 다른 방안을 찾게 되어 매우 기뻤다. 아버지가 절대 당나귀를 죽일 리 없다고 생각한 공주는 아버지를 찾아가 마지막 소원을 털어놓았다.

이 말을 들은 왕은 크게 놀라기는 했지만, 조금도 주저하지 않고 불쌍한 당나귀를 죽여 버렸다. 왕이 공주에게 가죽을 가져가자, 공주는 자신의 불행을 피할 방법이 전혀 없음을 깨닫고 절망하고 말았다.

그때 공주의 대모가 도착했다. "아가, 무얼 하고 있느냐?" 공주가 절망하여 머리를 쥐어뜯는 것을 본 대모가 말했다. 공주의 아름다운 두 뺨은 이미 눈물범벅이 되어 있었다. "지금이 네 인생에서 가장 행복한 순간이란다. 이 가죽을 뒤집어쓰고 궁전을 떠나거라. 네가 살 만한 곳을 찾을 때까지 멀리멀리 가야 한다. 선을 위해 모든 것을 희생하면 신은 그에 대한 보상을 내려주신단다. 네 짐은 내가 보내줄 테니 어서 가거라. 네가 어디에 있든 네 옷들과 보석들이 너와 함께할 것이다. 그리고 여기 내 요술 지팡이를 너에게 주마. 옷이 필요할 때 지팡이로 땅을 두드리면 네 눈앞에 옷들이 나타날 것이다. 자, 지체하지 말고 어서 떠나거라." 공주는 여러 번이나 대모와 포옹한 후, 약속을 꼭 지켜달라고 신신당부했다. 공주는 굴뚝에 있는 재를 얼굴에 마구 바른 다음 못생긴 당나귀 가죽을 뒤집어쓰고 화려한 궁전에서 도망쳤다. 다행히 단 한 사람도 공주를 알아보지 못했다.

공주가 없어진 것이 들통 나자 궁전에서는 한바탕 소동이 일었다. 호화로운 연회를 준비하고 있던 왕은 슬픔을 가누지 못했다. 그는 백 명도 넘는 기병들과 천 명이 넘는 병사들에게 공주를 찾으라고 명령했다. 하지만 라일락 요정이 손을 써서 이들의 눈에는 공주가 보이지 않았으므로, 그녀는 무사히 경계망을 뚫고 탈출할 수 있었다.

한편, 공주는 아주 멀리까지 걷고 또 걸었다. 얼마 후 공주는 이리저리 쉴 곳을 찾고 있었다. 사람들이 그녀를 불쌍히 여겨 음식을 조금 주기는 했지만, 공주의 부스스하고 더러운 모습에 아무도 그녀를 집에 들이려 하지 않았다. 한참 만에 공주는 아름다운 마을에 도착했다. 입구에는 한 작은 농가가 있었다. 마침 농부의 아내는 설거지를 하고 거위와 돼지를 돌볼 젊은 여자가 필요했기 때문에 이 더러워 보이는 여인을 고용하기로 했다. 너무 피곤했던 공주는 크게 기뻐하며 농부 아내의 제안을 받아들였다. 공주는 주방의 구석진 곳에서 지내게 되었다. 공주가 뒤집어쓴 당나귀 가죽 때문에 그녀의 모습은 너무나 더럽고 불쾌했다. 처음 며칠간은 남자 하인들이 그런 그녀를 마구 놀려 댔지만, 이내 싫증을 내고 그녀를 무시했다. 게다가 공주가 아주 꼼꼼하게 일한 덕분에 농부의 아내가 그녀를 총애하여 보호해 주었다. 공주는 양떼를 지켜보고 필요한 경우에는 우리에 가두는 일도 했으며 거위들을 데리고 나가 먹이를 먹이기도 하였다. 공주가 얼마나 똑 부러지게 일을 잘하는지, 마치 오랫동안 그 일만

해온 사람 같았다. 공주의 아름다운 손이 닿은 것은 모두 깔끔하게 정리될 정도였다.

어느 날, 공주는 맑은 샘 근처에 앉아 있었다. 그녀는 자주 그곳에서 자신의 슬픈 처지를 한탄하곤 했다. 그녀는 물속에 비친 자신의 모습을 들여다보았다. 머리끝부터 발끝까지 자신을 덮고 있는 끔찍한 당나귀 가죽이 혐오감을 주었다. 창피해진 공주는 손과 얼굴이 창백해질 때까지 박박 문질러 닦았다. 그러자 다시금 공주의 본래 고운 혈색이 돌아왔다. 이렇게 아름다운 자신의 모습을 좀 더 만끽하고 싶었던 공주는 문득 연못에서 몸을 닦고 싶은 충동이 일었다. 공주는 물속에 몸을 담갔다. 하지만 농장으로 돌아가려면 다시 추한 당나귀 가죽을 뒤집어써야 했다.

다행히 다음 날은 휴일이었으므로 공주는 요정의 지팡이로 자신이 예전에 입던 예쁜 옷들을 불러내 몸단장을 하고 머리카락을 곱게 손질한 후 날씨의 색으로 된 사랑스러운 드레스를 입었다. 하지만 방이 너무 좁아 옷자락을 모두 펼칠 수 없었다. 아름다운 자신의 모습에 흠뻑 빠진 공주는 이제부터 휴일과 일요일에는 화려한 드레스를 입고 기분전환을 하기로 결심했다. 공주는 꽃과 다이아몬드를 솜씨 좋게 머리에 예쁘게 치장했다. 하지만 자신의 아름다움을 보아줄 사람이 아무도 없다는 사실에 한숨을 쉬었다. 오직 양과 거위들만이 자신을 지켜볼 뿐이었다. 이들은 그녀가 끔찍한 당나귀 가죽을 쓰고 있었음에도 불구하고 그녀를 무척 따랐다.

그러던 어느 휴일, 공주가 태양빛의 드레스를 입고 있을 때 그 농장을 소유한 왕의 아들이 사냥을 하고 돌아오던 길에 잠시 쉬려고 농장을 찾았다. 젊고 잘생긴 이 왕자는 왕과 왕비의 사랑을 한 몸에 받고 있었고 사람들도 모두 그를 매우 좋아했다. 왕자는 차와 과자를 간단하게 먹고 나서 농장 구석구석을 구경하기 시작했다. 이곳저곳을 둘러보던 왕자는 1층에 있는 어두운 복도를 따라 굳게 닫힌 문 앞에 이르렀다. 왕자는 호기심에 못 이겨 열쇠구멍으로 안을 들여다보았다. 매우 아름답고 화려한 드레스를 차려입은 공주를 보고 왕자가 얼마나 놀랐을지 상상해 보라. 게다가 공주의 얼굴에는 매우 고결하고 품위 있는 분위기가 감돌고 있었기 때문에 왕자는 그녀가 하늘에서 내려온 여신이 아닌지 착각할 정도였다. 만약 왕자가 이 매력적인 여인을 존중하는 마음이 없었다면, 그 순간 격렬한 감정에 휩쓸려 문을 벌컥 열고 말았을 것이다.

왕자는 떨어지지 않는 발걸음을 애써 돌려 어둡고 좁은 복도에서 나와, 이 작은 방의 주인이 누구인지를 알아보기로 했다. 사람들은 그녀가 평소에 허드렛일을 하고, 항상 당나귀 가죽을 쓰고 있기 때문에 당나귀 가죽이라 불린다고 이야기해 주었다. 또한 그녀는 너무 더럽고 불쾌한 여인이라서 아무도 그녀에게 눈길을 주지 않을 뿐만 아니라 심지어 말 한마디도 건네지 않는

다고 귀띔해 주었다. 그녀를 불쌍히 여긴 주인이 거위를 돌볼 수 있도록 거두어 주었다는 것이다.

 사람들의 말을 이해할 수 없었던 왕자는 아무것도 모르는 이 멍청한 사람들에게 물어보았자 소용이 없을 것이라 생각했다. 왕자는 이루 말할 수 없는 사랑에 빠진 채 왕이 있는 궁전으로 돌아갔다. 하지만 열쇠구멍으로 훔쳐본 여인의 아름다운 모습이 계속 눈앞에 아른거렸다. 그는 방문을 두드리지 않은 것을 후회하며 다음번에는 반드시 그 문을 두드리겠다고 굳게 다짐했다. 하지만 상사병에 심하게 걸린 왕자는 그날 밤 열병에 시달려 죽음의 문턱까지 가게 되었다. 그 어떤 것으로도 왕자의 병이 치료되지 않자, 자식이라고는 왕자 한 명뿐인 왕비는 절망하고 말았다. 왕자의 병을 고쳐 주는 자에게는 큰 상을 내리겠노라고 했지만 모두 헛수고였다. 의사들이 온갖 기술을 동원하여도 왕자의 병을 치료할 수 없었다. 마침내 의사들은 이 열병이 왕자의 마음속에 있는 큰 슬픔 때문이라는 결론을 내렸다. 이들은 그지없이 아들을 사랑하고 있는 왕비에게 왕자가 겪고 있는 슬픔이 무엇인지 직접 물어보라고 간청하였다. 왕자의 슬픔이 왕좌와 관련된 것이라 하더라도 왕은 기꺼이 왕자에게 왕위를 넘겨줄 것이라고 왕비는 생각했다. 혹은 왕자가 공주를 원하는 것이라면, 비록 왕이 다른 나라와 교전 중에 있어 당연히 신하들의 반발이 크겠지만, 왕자가 원하는 것을 얻기 위해서는 모든 것을 희생해야 한다고 생각했다. 왕자만을 바라보며 살아온 왕비는 눈

물을 흘리며 왕자에게 죽지 말라고 애원했다. 왕비의 계속되는 말에 왕자도 눈물을 흘리고 말았다.

왕자가 아주 작은 목소리로 말했다. "어머니, 전 아버지의 왕관을 바랄만큼 그렇게 욕심이 많지 않아요. 오히려 아버지께서 오래오래 사셨으면 좋겠어요. 그리고 저는 항상 아버지의 신하들에게 가장 충직하고 가장 존경스러운 인물로 남을 거예요. 어머님께서 말씀하신 공주에 대해서도 전 아직 결혼을 한 번도 생각해 본 적이 없지만, 어머니께서 원하신다면 늘 그 말씀을 따를 거예요. 그것이 저에게 고통스러운 일이라 할지라도 말이에요."

그러자 왕비가 대답했다. "아! 아들아, 네 목숨을 살릴 수만 있다면 네 아버지와 나는 그 어떤 것도 아끼지 않을 거란다. 아들아, 네가 원하는 것을 말해야 나와 네 아버지인 왕의 목숨을 살릴 수 있단다. 네가 원하는 것은 반드시 갖게 해주마."

"어머니, 제 생각을 물으시니 말씀드릴게요. 저에게 너무나 소중한 두 분의 목숨을 위태롭게 하는 것은 정말 큰 죄악일 테니까요. 저는 당나귀 가죽이 저에게 케이크를 만들어 주었으면 좋겠어요. 케이크가 준비되면 저에게 가져오라고 해 주세요."

요상한 이름을 듣고 놀란 여왕은 당나귀 가죽이 누구인지 물었다.

우연히 당나귀 가죽을 본 적이 있는 한 신하가 대답했다. "왕비님, 그것은 늑대 다음으로 가장 못생긴 계집입니다. 왕비님의 농장에서 거위를 돌보고 있죠."

"그런 것은 아무 상관이 없다. 내 아들이 사냥에서 돌아오는 길에 우연히 그 아가씨가 만든 케이크를 먹어본 모양이겠지. 어쨌든 지금 당장 당나귀 가죽이 내 아들에게 케이크를 만들어 주길 바라네."

전령이 급히 농장으로 달려가 왕자에게 줄 케이크를 만들어야 한다고 당나귀 가죽에게 말했다. 어떤 사람들은 왕자가 열쇠구멍으로 방 안을 들여다보았을 때 당나귀 가죽이 사실은 그것을 알고 있었다고 믿는다. 이들은 그 이후에 작은 창문으로 젊고 아주 잘생기고 맵시 있는 왕자를 본 공주가 그 모습을 잊지 못하여 계속 왕자를 생각하면서 종종 한숨을 쉬었다고 말한다. 어쨌든 왕자를 직접 보았든 칭찬 일색인 왕자의 소문을 들었든 간에 당나귀 가죽은 왕자에게 자신을 알릴 수 있다는 생각에 크게 기뻐하였다. 그녀는 자신의 작은 방에 틀어박혀 못생긴 가죽을 벗어 던진 다음 얼굴과 손을 깨끗이 씻었다. 밝은 은색 빛의 코사지로 머리단장도 하고 예쁜 페티코트도 갖춰 입은 당나귀 가죽은 왕자에게 줄 훌륭한 케이크를 만들기 시작했다. 그녀는 가장 좋은 밀가루와 갓 낳은 달걀, 가장 신선한 버터로 반죽을 만들었다. 그녀가 케이크를 만드는 동안 의도된 것인지 아닌지는 모르겠지만 손가락에 끼고 있던 반지가 케이크 안으로 떨어져 섞여 버렸다. 케이크가 완성되자 당나귀 가죽은 흉측한 가죽을 뒤집어쓰고 그 케이크를 전령에게 건네주며, 왕자의 소식을 물었다. 하지만 전령은 한마디 대답도 없이 궁전으로 급히 돌아가 버렸다.

궁전에서 전령을 애타게 기다리고 있던 왕자는 전령이 돌아오자 그의 손에서 케이크를 황급히 빼앗아 허겁지겁 먹기 시작했다. 함께 있던 의사들이 그렇게 서두르는 것은 좋지 않다고 말했지만, 왕자의 귀에는 그들의 말이 들리지 않았다. 왕자가 어느 한 조각을 베어 물었을 때, 당나귀 가죽이 빠뜨린 반지를 삼키려다 거의 숨이 막힐 뻔하였다. 하지만 왕자는 현명하게도 입에서 그 반지를 꺼내 들었다. 왕자는 케이크에 대한 생각은 완전히 잊어버린 채 금빛이 섞인 멋진 에메랄드 반지를 유심히 바라보았다. 반지가 너무 작아서 왕자는 세상에서 가장 귀엽고 작은 손을 가진 사람만이 이 반지를 낄 수 있을 것이라고 생각했다.

왕자는 반지에 천 번이나 입을 맞추었다. 그는 반지를 자신의 베개 아래에 두고, 혼자 있을 때마다 꺼내 보았다. 감히 당나귀 가죽에게 성으로 와 달라고 부탁할 생각도 하지 못하고 자신이 열쇠구멍으로 들여다본 것에 대해서는 더더욱 말할 수 없었던 왕자는(그 이야기를 했다가는 꿈을 꾼 것이라며 사람들의 웃음거리가 될지도 몰랐다.) 그 반지의 주인인 당나귀 가죽을 만날 수 있는 방법을 고심하다가 결국 다시 심한 열병이 도지고 말았

다. 더 이상 어찌할 바를 몰라 하던 의사들은 여왕에게 왕자의 병이 상사병이라고 말해 주었다. 암담해진 여왕과 왕은 당장 아들에게 달려갔다.

슬픔에 잠긴 왕이 말했다. "아들아, 사랑하는 내 아들아, 네가 그토록 원하는 여인의 이름을 말해 보거라. 맹세컨대 너에게 그 아가씨를 데려다 주마. 그녀가 아주 천한 노예라도 상관없다."

왕비는 왕자를 끌어안으며 왕이 한 말에 동의했다. 이들의 눈물과 애정에 감동한 왕자는 이렇게 말했다. "아버지, 어머니, 저는 두 분을 화나게 하는 결혼은 절대 하고 싶지 않습니다." 왕자는 베개 밑에서 에메랄드 반지를 꺼내 보이며 이렇게 덧붙였다. "제 말이 진심이라는 것을 보여 드리기 위해 저는 이 반지의 주인과 결혼하겠습니다. 이렇게 예쁜 반지를 가진 아가씨라면 시골 아가씨이거나 소작농의 딸일 리는 없겠지요."

왕과 왕비는 호기심 어린 눈으로 반지를 자세히 들여다보고 나서, 그 반지가 좋은 집안 딸의 것이리라는 왕자의 말에 동의했다. 왕은 아들을 껴안으며 속히 쾌차하라고 말하고는 방을 나갔다. 왕은 드럼과 파이프, 트럼펫을 온 마을에 울리도록 명령하고, 어떤 반지에 손가락이 꼭 맞는 아가씨가 왕위에 오를 왕자와 결혼하게 될 것이라고 알렸다.

제일 먼저 각 나라의 공주들이 궁전에 도착했고, 다음으로 공작과 후작, 남작의 딸들이 속속 모여들었다. 하지만 이들이 아무리 손가락을 오므려 쑤셔 넣어 보려고 해도 그 반지를 낄 수는 없었다. 결국, 온 나라의 아가씨들이 시도해 보았지만 아무리 작은 아가씨라 할지라도 반지에 비해 손가락이 너무 굵었다. 건강이 조금 회복된 왕자가 이 시험을 직접 주관하였다. 마침내 시녀들의 차례까지 돌아왔지만 이들도 실패하기는 마찬가지였다. 나라의 거의 모든 아가씨들이 시도해 보고 나서 왕자는 하녀와 접시닦이, 양치는 소녀들까지 시험해 보라고 말했다. 이들이 모두 궁전으로 불려 왔지만, 거칠고 불그스름한 이들의 짧은 손가락이 금빛 고리를 통과할 리가 없었다. 기껏해야 손톱 정도만 들어갈 뿐이었다.

"나에게 케이크를 만들어 준 당나귀 가죽을 데려오지 않았구나." 왕자가 말했다.

이 말을 들은 모든 이들이 비웃으며 말했다. "하지만 당나귀 가죽은 너무 더럽고 불쾌하게 생긴걸요."

"누구든 가서 그 아가씨를 당장 데려오거라." 왕이 명령했다. "아무리 초라한 자라도 한 명도 빠뜨리지 말라고 말하지 않았느냐." 시종들은 어쩔 수 없이 거위 소녀를 찾으러 달려 나갔다.

드럼 소리와 전령관의 외침을 들은 당나귀 가죽 공주는 의심할 것도 없이 자신의 반지가 이 대소동의 원인임을 깨달았다. 왕자를 사랑하게 된 공주는 자신만큼 손가락이 가는 아가씨가 있을지도 모른다는 생각에 내내 불안해하고 있었다. 그러다 마침내 전령이 찾아와 문을 두드리자 그 기쁨은 이루 말할 수 없었다. 이들이 반지의 주인을 찾고 있다는 사실을 알고 있었으므로 공주는 신경 써 머리 손질을 하고 아름다운 은빛 코르사주를 달았다. 에메랄드가 총총히 박힌 은색 레이스가 달린 주름이 풍성한 페티코트도 갖춰 입었다. 문을 두드리는 소리에 그녀는 재빨리 당나귀 가죽으로 그 화려한 옷을 가리고 문을 열어 주었다. 전령은 비웃는 듯한 말투로 왕의 명령을 전달했다. 이들이 당나귀 가죽을 왕자에게 데려가자, 왕자는 깜짝 놀랐다. 그녀가 그토록 우아하고 아름답게 보였던 그 아가씨가 맞는지 믿을 수 없었다. 당황한 왕자가 슬픈 목소리로 물었다. "당신이 농장 1층의 어두운 복도 끝에 살고 있는 아가씨가 맞소?"

"예, 그렇습니다." 당나귀 가죽이 대답했다.

"나에게 손을 보여 주시오." 그 말을 하는 왕자의 목소리가 떨리고 있었다. 왕자는 깊은 한숨을 내쉬었다.

자, 이제 그곳에 있던 모든 사람들이 얼마나 놀랐을지 상상해 보라! 검고 더러운 당나귀 가죽 밑에서 연약하고 흰 손이 나오자 왕과 왕비, 시종들, 모든 대신들이 할 말을 잃었다. 반지는 아무 어려움 없이 세상에서 가장 작고 예쁜 손가락으로 미끄러져 들어갔다. 그리고 나서 공주가 살짝 움직이자 당나귀 가죽이 어깨에서 떨어지고 그녀의 고혹적인 자태가 드러났다. 왕자가 무릎

을 꿇고 공주에게 바짝 다가가자 공주의 얼굴이 붉어졌다. 하지만 다른 이들이 이것을 알아차리기도 전에 왕과 왕비가 그녀에게 다가가 끌어안으며 자신의 아들과 결혼할 것인지 물었다. 이런 따뜻한 관심과 젊고 잘생긴 왕자의 사랑에 정신이 멍해진 공주가 막 감사의 말을 전하려 할 때, 갑자기 천장이 열리며 라일락 요정이 꽃과 나뭇가지로 만들어진 마차에서 내려왔다. 요정은 공주의 이야기를 모두 들려주었다. 당나귀 가죽이 공주라는 것을 알게 된 왕과 왕비의 기쁨은 두 배가 되었다. 하지만 왕자는 공주의 선한 품성에 반해 그녀를 더욱더 사랑하게 되었다. 한시 바삐 공주와 결혼하고 싶었던 왕자는 격식을 갖춘 성대한 결혼식을 준비하는 동안 초조하게 기다렸다. 며느리에게 흠뻑 빠진 왕과 왕비는 지극한 사랑으로 그녀를 돌보아 주었다. 공주는 자신의 아버지인 이웃나라 왕의 동의 없이는 왕자와 결혼할 수 없다고 말했다. 그리하여 두 사람의 결혼식을 알리는 초대장을 왕에게 가장 먼저 보내게 되었다. 하지만 신부의 이름이 무엇인지는 말해 주지 않았다. 모든 일을 주재했던 라일락 요정이 문제를 일으키지 않기 위해 그렇게 하는 것이 좋겠다고 제안했던 것이다. 이웃나라의 왕들이 모두 결혼식에 참석했다. 가마를 타고 온 왕도 있었고, 멋진 마차를 타고 온 왕도 있었다. 가장 먼 나라에서 온 왕들은 코끼리와 사자를 타고 왔다. 하지만 가장 훌륭하고 장엄하게 등장한 왕은 바로 공주의 아버지였다. 그는 정신이 돌아와 매우 아름다운 미망인을 여왕으로 맞이하였지만 둘 사이에 아직 아이는 없었다. 공주는 아버지에게 달려갔다. 왕은 한 번에 공주를 알아보고 다정하게 그녀를 끌어안았다. 왕과 왕비는 자신의 아들을 왕에게 소개했고 모두가 행복해했다. 장관을 이루며 결혼식이 거행되었지만, 왕자와 공주는 서로 눈빛을 주고받느라 식을 거의 볼 수 없을 정도였다.

기품 있는 심성을 지닌 왕자가 극구 거절했지만 왕은 결혼식이 있은 바로 그날 아들에게 왕위를 물려주었다. 왕은 왕자의 손에 입을 맞추고 그를 왕좌에 앉혔다.

성대한 결혼식은 거의 석 달이나 계속되었다. 하지만 서로에 대한 애정이 넘쳤던 두 연인의 사랑은 삶이 허락하는 한 백 년 이상 계속될 것이었다.

The Fairy Tales of Charles Perrault
Cinderilla; or, The Little Glass Slipper

신데렐라

신데렐라

옛날에 한 귀족이 세상에 둘도 없을 정도로 오만한 여자와 재혼을 했다. 그 여자에게는 전남편 사이에서 얻은 두 딸이 있었는데, 이들 역시 엄마를 쏙 빼닮아 거만하고 오만하기 그지없었다. 귀족 역시 전 부인과의 사이에서 태어난 어린 딸이 한 명 있었는데, 비할 데 없이 착하고 상냥했다. 세상에서 가장 착한 여자였던 어머니의 심성을 고스란히 물려받은 것이었다.

결혼식이 막 끝나기가 무섭게 계모는 자신의 고약한 성질을 숨김없이 드러내기 시작했다. 계모는 이 예쁜 딸의 착한 심성을 참을 수가 없었다. 그 아이의 착한 심성이 자기 딸들을 더욱더 밉살스럽게 보이게 했기 때문이다. 계모는 어린 딸에게 집안의 온갖 힘든 일들을 다 맡겼다. 막내딸은 접시며 식탁 등에 윤기를 내고 어머니와 두 언니의 방을 닦았다. 그녀는 누추한 다락방에서 거친 짚더미를 깔고 잠을 잤지만, 두 언니들은 대리석이 깔린 훌륭한 방에서 최신 유행하는 침대 위에 누워 잠을 잤다. 이 방에는 머리끝부터 발끝까지 전신을 다 볼 수 있는 커다란 거울도 있었다.

불쌍한 막내딸은 아버지에게 불평 한마디 하지 않고 모든 것을 참고 견뎠다. 아버지가 이 사실을 알게 되면 오히려 자신을 나무랄 것이 틀림없었기 때문이다. 그만큼 아버지는 아내에게 꼼짝없이 잡혀 살고 있었다. 막내딸은 집안일을 다 마치고 나면 벽난로 구석에 가서 잿더미 속에 쪼그리고 앉아 있곤 했다. 둘째 딸은 첫째 딸만큼 무례하거나 심술궂지는 않았는데, 그녀가 이 막내를 '잿더미 소녀'라는 뜻의 신데렐라라고 불렀다. 하지만 남루한 옷을 걸쳤어도 신데렐라는 언니들보다 백배는 더 아름다웠다. 언니들이 매일같이 화려하게 차려입었어도 이 사실에는 변함이 없었다.

어느 날, 왕의 아들이 무도회를 열고 나라 안의 모든 상류 귀족들을 무도회에 초대했다. 신데렐라의 못된 두 언니도 예외 없이 초대를 받았다. 두 언니는 그 세계에서 화려하기로 꽤 유명했기 때문이다. 두 언니는 이번 초대에 매우 기뻐하면서 자신들에게 가장 잘 어울리는 드레스와 페티코트, 터번을 고르느라 정신없이 바쁘게 지냈다. 신데렐라에게는 새 일거리만 생긴 셈이었다. 언니들의 속옷을 다림질하고, 옷의 소매장식 주름을 꼬는

일들을 모두 신데렐라가 해야 했기 때문이다. 언니들은 옷을 어떻게 입어야 할지에 대해 수다를 떨며 하루를 보냈다. "난 말이야, 프랑스풍 장식이 있는 붉은 벨벳 드레스를 입을 거야." 큰언니가 말했다. "나는 보통 때와 같은 페티코트를 입을래. 하지만 여기에 금색 꽃장식 망토를 걸치고 다이아몬드로 치장해서 좀 더 특별해 보이도록 할 거야. 평범한 것하고는 거리가 멀지." 두 언니는 최고의 몸종을 불러와서는 머리 장식을 하게 하고, 양쪽에 두 개의 긴 덮개가 있는 이중 모자를 썼다. 또한, 붉은 털과 장식 천을 옷에 덧대었다.

두 언니는 미적 감각이 뛰어난 신데렐라를 불러와 자신들의 모습이 어떠한지 물어보았다. 신데렐라는 항상 언니들에게 최선의 조언을 해 주었다. 아니, 그렇다기보다 늘 언니들의 머리 장식을 도와주었다. 언니들은 신데렐라를 부리는 것을 당연시했고 매우 흡족해했다. 그날도 신데렐라가 치장해 주는 동안 언니들이 말했다.

"신데렐라야, 너도 무도회에 가면 기쁘지 않겠니?"

"정말요?" 신데렐라가 말했다. "저를 놀리지 마세요. 그곳은 저 같은 아이가 갈 곳이 아니죠."

"하긴, 네 말이 맞다." 언니들이 대답했다. "재를 뒤집어쓴 소녀가 무도회에 나타난 걸 보면 사람들이 웃음을 터트리겠지. 호호호."

다른 사람이었다면 이 말에 언니들의 머리를 엉망으로 만들어 버렸겠지만, 착한 신데렐라는 이런 놀림에도 언니들을 완벽하게 꾸며 주었다. 언니들은 거의 이틀 내내 제대로 먹지도 않고 한껏 들떠 있었다. 언니들은 좀 더 날씬하게 보이기 위해 허리를 졸라매다가 벌써 열두 개가 넘는 레이스를 망가뜨렸다. 언니들은 끊임없이 거울을 들여다보았다. 마침내 기다리던 무도회 날이 밝아 왔다. 언니들은 궁전으로 향했고, 신데렐라는 언니들이 보이지 않을 때까지 부러운 눈으로 바라보았다. 드디어 언니들이 시야에서 사라지자 신데렐라는 그만 울음을 터트리고 말았다.

신데렐라가 눈물을 뚝뚝 흘리고 있는 것을 본 요정이 신데렐라에게 말했다.

"너도 무도회장에 가고 싶은 거지?"

"네, 저도 무도회에 가고 싶어요." 신데렐라가 깊은 한숨을 내쉬며 대답했다.

"착한 소녀야, 그렇다면 내가 널 무도회장으로 보내 주마." 요정은 이렇게 말하고는 신데렐라를 침실로 데려갔다.

"정원으로 가서 호박을 가져오너라."

신데렐라는 말이 끝나기가 무섭게 정원으로 달려가 눈에 보이는 가장 좋은 호박을 요정에게 가져다주었다. 하지만 이 호박이 어떻게 자신을 무도회장으로 가게 해줄지는 전혀 상상할 수 없었다. 요정은 호박 속을 모두 파내어 껍질만 남게 하였다. 그

러고 나서 요정은 요술 지팡이를 호박에 갖다 대었다. 그러자 호박이 눈 깜짝할 사이에 훌륭한 마차로 변하는 것이 아닌가! 게다가 그 마차는 온통 금빛으로 빛나고 있었다.

이어 요정은 구석에 놓여 있던 쥐덫 안을 들여다보았다. 그곳에는 여섯 마리의 살아 있는 쥐들이 찍찍거리고 있었다. 요정은 신데렐라에게 쥐덫 문을 조금 들어 올리라고 말하고는 쥐들이 밖으로 나올 때마다 요술 지팡이로 살짝 건드려 주었다. 그러자 쥐가 멋진 말로 변하였다. 모두 합해 여섯 마리의 매우 훌륭한 말들이 쥐색 털을 뽐내며 눈앞에 서 있었다.

이제 마부가 필요했다.
"제가 밖에 있는 야생 쥐덫을 보고 올게요." 신데렐라가 말했다. "쥐가 한 마리라도 있다면 그것으로 마부를 만들 수 있을 거예요."
"네 말이 맞다." 요정이 대답했다. "가서 보고 오렴."

신데렐라는 요정에게 쥐덫을 가져다주었다. 그 안에는 세 마리의 커다란 야생 쥐가 들어 있었다. 요정은 그중 가장 큰 쥐 한 마리를 골라 요술 지팡이를 갖다 대었다. 야생 쥐는 뚱뚱하고 쾌활해 보이는 마부로 바뀌었다. 마부의 풍성한 구레나룻은 마부를 한층 더 활기차 보이게 만들었다.

일이 끝나자, 요정이 신데렐라에게 말했다.
"다시 정원으로 가보렴. 물뿌리개 뒤에 여섯 마리의 도마뱀이 있을 거란다. 그것을 나에게 가져다주렴."

신데렐라가 곧장 그것들을 가져오자 요정은 그것을 여섯 명의 하인으로 바꾸었다. 하인들은 온통 금과 은으로 장식되어 있는 제복을 흩날리며 곧장 마차 뒤로 뛰어갔다. 그러고는 마치 평생 해온 것처럼 익숙하게 서로 바짝 붙어 섰다. 요정이 신데렐라에게 말했다.
"이제 널 무도회에 데려다 줄 마차와 마부, 하인이 모두 완성되었구나. 기쁘지 않니?"
"아! 너무 기뻐요." 신데렐라가 울먹이며 말했다. "하지만 이런 누더기 같은 옷을 입고 가야 하잖아요."

요정은 다시 한 번 요술 지팡이를 휘둘렀다. 동시에 신데렐라의 옷이 금은으로 된 천에 보석이 촘촘히 박힌 화려한 드레스로 바뀌었다. 이어 요정은 신데렐라에게 유리 구두 한 켤레를 건네주었다. 그것은 세상에서 가장 아름답고 빛나는 구두였다.

이렇게 치장을 끝낸 신데렐라는 마차에 올라탔다. 마지막으로 요정은 신데렐라에게 자정이 넘도록 무도회장에 있어서는 안 된다고 신신당부를 했다. 만약 자정이 넘어 잠시라도 그곳에 있게 된다면 마차는 다시 호박으로, 말은 생쥐로, 마부는 야생

쥐로, 하인들은 도마뱀으로 바뀔 것이며, 신데렐라의 드레스도 전과 같은 누더기 옷으로 변할 것이라고 설명해 주었다.

신데렐라는 반드시 자정이 되기 전에 무도회장에서 돌아오겠다고 요정에게 약속했다. 마차가 무도회장을 향해 떠났다. 신데렐라는 참으로 오랜만에 기쁨으로 날아오를 듯한 기분이 들었다. 한편, 왕자는 아무도 본 적이 없는 예쁜 공주가 온다는 소식을 듣고 그녀를 맞이하러 달려 나갔다. 마차가 도착하자, 왕자는 손을 내밀어 신데렐라가 마차에서 내리는 것을 도와주었다. 그러고는 신데렐라의 손을 잡고 귀족들이 있는 무도회장으로 들어갔다. 갑자기 쥐 죽은 듯한 침묵이 흘렀다. 귀족들은 춤추던 것을 멈추었고 바이올린도 연주를 멈추었다. 모두가 이 이름 모를 미녀의 등장을 주의 깊게 바라보고 있었다. 곧이어 이들은 나지막이 소곤대기 시작했다.
"세상에! 정말 아름답잖아! 정말 곱다!"

늙은 왕조차도 넋을 놓고 신데렐라를 바라볼 정도였다. 왕은 이토록 아름답고 사랑스러운 여인은 실로 오랜만에 본다며 여왕에게 부드럽게 속삭였다. 무도회장의 숙녀들은 모두 신데렐라의 드레스와 장식을 눈여겨보느라 정신이 없었다. 다음 날에는 자신들도 그녀와 똑같이 치장하고 싶었던 것이다. 물론 신데렐라가 입은 드레스와 같은 훌륭한 실크와 그것을 치장할 솜씨만 있다면 말이다.

왕자는 신데렐라를 가장 좋은 자리로 인도했다. 잠시 후 두 사람은 함께 춤을 추었다. 신데렐라가 너무나도 우아하게 춤을 추었기 때문에 왕자는 더욱더 감탄스러운 눈길로 신데렐라를 바라보았다. 곧이어 근사한 식사가 준비되었다. 하지만 젊은 왕자는 음식을 조금도 입에 대지 않고 오로지 신데렐라만을 응시하고 있을 뿐이었다.

신데렐라의 눈에 언니들의 모습이 눈에 띄었다. 신데렐라는 언니들을 발견하고 두 언니에게 다가가 곁에 앉았다. 그녀는 왕자가 자신에게 준 오렌지와 시트론을 조금 잘라 언니들에게 공손하게 내밀었다. 신데렐라를 알아보지 못한 언니들은 그녀의 이러한 행동에 매우 놀랐다.

그러는 동안 시계는 11시 45분을 지나고 있었다. 신데렐라는 즉시 사람들에게 인사를 하고 급히 무도회장을 빠져나왔다.

집에 도착한 신데렐라는 곧바로 요정에게 달려갔다. 그녀는 요정에게 감사의 말을 하며, 다음 날도 무도회에 갈 수 있기를 진심으로 바란다고 말했다. 왕자가 신데렐라를 기다리고 있기 때문이었다. 신데렐라가 무도회에서 있었던 일을 요정에게 한창 늘어놓고 있을 때, 두 언니가 신데렐라의 방문을 두드렸다. 신데렐라는 얼른 달려가 문을 열었다.

"이제야 오시는 거예요!" 신데렐라는 막 잠에서 깬 것처럼 하품을 하고 눈을 비비며 기지개를 켰다.

한 언니가 말했다. "너도 무도회에 왔더라면 지루할 틈이 없었을 거야. 세상에서 제일 예쁜 공주님이 무도회장에 오셨지 뭐야. 지금까지 한 번도 본 적이 없는 정말 아름다운 분이셨어. 게다가 우리에게 따뜻한 말을 건네면서 오렌지와 시트론도 주셨지."

신데렐라는 뛸 듯이 기뻤지만 짐짓 그 이야기에 관심이 없는 척하였다. 그녀는 그 공주의 이름이 무엇인지 물었다. 하지만 언니들도 공주의 이름을 알지 못했다. 언니들은 왕자가 그 공주에 대해 매우 궁금해하고 있으며 그녀에 대한 이야기라면 세상 전부를 주고도 들을 것이라고 덧붙였다. 이 말에 신데렐라가 싱긋 웃으며 대답했다. "정말 아름다운 분이셨나 보군요. 세상에! 그런 분을 뵙다니 언니들도 정말 좋았겠어요! 저도 그분을 뵐 수 없을까요? 아! 샤롯 언니, 언니가 매일 입는 노란색 드레스 좀 빌려 주세요."
"뭐라고! 내 옷을 너같이 더러운 잿더미 소녀에게 빌려 주라고! 내가 바보니?!"

사실 신데렐라도 언니가 그렇게 대답하리라 예상하고 있었다. 언니가 자신의 청을 거절하자 신데렐라는 속으로 무척 기뻐했다. 농담으로 한 부탁을 언니가 들어주었다면 신데렐라는 울

며 겨자 먹기로 그 옷을 입어야 했을 것이다.

 다음 날도 두 언니들은 무도회에 참석했다. 신데렐라도 마찬가지였다. 하지만 신데렐라는 전날보다 더욱 화려하게 차려입었다. 왕자는 시종일관 신데렐라 곁을 떠나지 않고 그녀를 칭찬하면서 친절을 베풀었다. 이러한 분위기에 푹 빠져 있던 신데렐라는 그만 요정이 열두 시까지 돌아오라고 당부한 말을 까맣게 잊고 말았다. 마침내 시계 종소리가 열두 번 울리자, 신데렐라는 정신이 번쩍 들었다. 그녀는 황급히 일어나 마치 한 마리 사슴처럼 급히 도망쳤다.

 왕자가 그 뒤를 쫓아왔지만 신데렐라를 잡지 못하고 놓치고 말았다. 급히 달리던 신데렐라는 그만 유리 구두 한 짝을 떨어뜨리고 말았다. 뒤따라오던 왕자가 이것을 조심스럽게 들어 올렸다.

 신데렐라는 집에 도착해 가쁘게 숨을 내쉬었다. 옷은 이미 본래의 누더기 옷으로 바뀌어 있었고, 화려한 드레스와 보석도 이미 사라지고 없었다. 다만 무도회장에 떨어뜨린 유리 구두의 나머지 한 짝만이 남아 있을 뿐이었다.

 왕자는 궁전 문을 지키던 경비병들을 불러 모아 공주가 나가는 것을 보았는지 물었다. 누군가가 대답하기를, 공주가 나가는 것은 못 보았고, 매우 초라한 차림을 한 어린 소녀가 나가는 것은 보았다고 말했다. 그 소녀는 상류층 여성이라기보다는 가난한 지방 처녀 같았다고 덧붙였다.

두 언니가 무도회장에서 돌아오자, 신데렐라는 무도회가 즐거웠는지, 그 아름다운 공주도 왔었는지 물었다. 언니들이 답했다. "그래, 그런데 열두 시가 되니까 급히 무도회장을 빠져나갔어. 너무 서두르다가 작은 유리 구두 한 짝을 떨어뜨리고 말았지. 구두도 어쩜 그리 예쁘던지. 당연히 왕자가 그 구두를 가져갔지. 왕자는 무도회 내내 공주만 바라보고 있었거든. 분명 그 유리 구두를 신고 왔던 아름다운 공주와 사랑에 빠진 게 확실해."

언니들이 한 말은 사실이었다. 며칠 후 왕자가 트럼펫을 울리며 이렇게 공표한 것이다.
"이 유리 구두가 딱 맞는 여성과 결혼할 것이다."
궁전에서 나온 사람들이 공주를 찾아다니기 시작했다. 나라의 모든 공작부인들과 귀족들에게 유리 구두를 신겨 보았지만 모두 헛수고였다. 드디어 두 언니들에게도 유리 구두가 도착했다. 언니들은 구두에 발을 밀어 넣어 보려고 안간힘을 썼지만 들어가지 않았다.

이것을 본 신데렐라는 그것이 자신의 구두임을 알았다. 신데렐라가 웃으며 말했다.
"제가 맞는지 한번 신어 봐도 될까요?"

그 말을 들은 두 언니는 피식 웃음을 터트리며 빈정거렸다. 구두를 가지고 온 궁전 사람은 신데렐라를 유심히 들여다보고는 그녀가 매우 아름답다는 것을 알아차리고 말했다.

"저는 모든 사람들에게 이 구두를 신겨 보도록 명령을 받았으니 물론 당신도 이것을 신어 보아야 합니다."

그는 신데렐라를 앉히고는 유리 구두를 그녀의 발에 신겼다. 그러자 구두는 아주 쉽게 들어갔고 마치 밀랍으로 만든 것처럼 발에 꼭 맞았다. 두 언니들이 크게 놀란 것은 말할 것도 없었다. 하지만 신데렐라가 주머니에서 다른 한 짝의 유리 구두를 꺼내 신었을 때의 놀라움에 비하면 아무것도 아니었다. 이때 요정이 나타나 신데렐라의 옷에 지팡이를 휘둘렀다. 옷은 전에 입었던 드레스보다도 더 화려하고 우아하게 변신했다.

두 언니는 신데렐라가 무도회장에서 보았던 그 아름다운 공주라는 것을 깨달았다. 두 사람은 즉시 신데렐라의 발밑에 무릎을 꿇고 앉아, 지금까지 못되게 군 것에 대해 용서를 빌었다. 신데렐라는 언니들을 일으켜 세우고는 두 사람을 끌어안고 울었다. 신데렐라는 진심으로 언니들을 용서하고 앞으로 우애 깊게 지내기를 바랐다.

신데렐라는 곧바로 젊은 왕자를 만나러 갔다. 왕자는 그 어느 때보다 신데렐라가 더욱 매력적이라고 생각했다. 며칠 후 왕자는 신데렐라와 결혼식을 올렸다. 아름다운 것만큼 마음씨도 고

왔던 신데렐라는 궁전에 두 언니들의 방을 마련해 주고 궁전의 멋진 두 귀족들과도 짝을 지어 주었다. 이후 이들은 한 가족처럼 화목하게 잘 살았다.

The Fairy Tales of Charles Perrault
The Sleeping Beauty in the Wood

잠자는 숲 속의 공주

잠자는 숲 속의 공주

옛날에 한 왕과 왕비가 살았다. 딱하게도 이들에게는 아이가 없었다. 왕과 왕비는 말할 수 없이 속상했다. 두 사람은 온 세상에 있는 영험하다는 온천은 다 찾아다니고, 신에게 기도를 하는가 하면, 영지 순례를 하는 등 모든 노력을 다해 보았지만 아무 소용이 없었다. 그러던 어느 날, 마침내 왕비가 딸을 낳게 되었다. 곧, 아기 공주를 위한 성대한 세례식이 거행되었다. 나라 안의 모든 요정들이 아기 공주의 대모가 되어 주었다. 왕과 왕비가 찾아낸 요정은 모두 일곱 명이었다. 요정들은 늘 그러하듯이 각각 아기 공주에게 선물을 하나씩 주어야 했다. 요정들의 선물을 받고 나면 아기 공주는 세상에 있는 모든 완벽함을 갖추게 될 것이었다.

세례식이 끝나고 나서 손님들이 궁전으로 돌아오자, 요정들을 위한 호화로운 연회가 준비되어 있었다. 요정들의 식탁에는 참으로 아름다운 식탁보 위에 거대한 금 상자가 놓여 있었다. 그 상자 안에는 순금으로 만든 숟가락, 나이프, 포크 등이 들어 있었는데, 모두 다이아몬드와 루비로 장식되어 있었다. 요정들이 모두 식탁에 앉았을 때, 초대받지 않은 한 늙은 요정이 연회장으로 들어오는 것이 보였다. 이 늙은 요정은 오십 년이 넘도록 자신의 탑에서 한 발자국도 나오지 않았었기 때문에 모두들 이 요정이 죽었거나 마법에 걸렸을 것이라 믿고 있었다. 왕은 서둘러 이 불청객 요정 할멈에게 자리를 마련해 주었지만, 다른 요정들과 같은 금 상자는 줄 수가 없었다. 일곱 요정을 위해 상자를 일곱 개만 만들었기 때문이었다. 자신이 무시당한다고 생각한 늙은 요정은 작은 소리로 저주를 내뱉었다. 늙은 요정 옆에 앉아 있던 젊은 요정 중 한 명이 그 소리를 듣게 되었다. 이 늙은 요정이 아기 공주에게 뭔가 불길한 선물을 줄 것이라 판단한 젊은 요정은 재빨리 식탁에서 일어나 벽걸이 장식 뒤로 몸을 숨겼다. 젊은 요정은 마지막에 선물을 줄 요량이었다. 늙은 요정이 하려는 저주의 말을 최대한 뒤바꾸어 놓을 수 있도록 말이다.

드디어 모든 요정들이 아기 공주에게 선물을 주기 시작했다. 가장 젊은 요정은 공주가 세상에서 가장 아름다운 여자가 될 것이라는 선물을 주었다. 그 다음 요정은 공주가 천사와 같은 지혜를 갖게 될 것이라고 했다. 세 번째 요정은 공주가 하는 일마다 은총이 넘칠 것이라고 했고, 네 번째 요정은 공주가 한 마리 학

처럼 매우 우아하게 춤을 출 것이라고 했다. 다섯 번째 요정은 공주가 꾀꼬리처럼 아름다운 목소리로 노래할 것이라는 선물을 주었으며, 여섯 번째 요정은 공주가 이 세상의 모든 악기를 거의 완벽하게 연주할 수 있을 것이라고 했다.

드디어 늙은 요정의 차례가 되었다. 늙은 요정은 머리를 마구 흔들어 댔다. 너무 늙어서 그런다기보다는 푸대접을 받은 것이 분해서 치를 떠는 것이었다. 늙은 요정은 공주가 물레에 손을 찔려 그 상처로 죽게 될 것이라고 말했다. 이 끔찍한 저주를 들은 모든 손님들이 두려움에 떨면서 울기 시작했다.

바로 그때, 벽걸이 장식 뒤에 숨어 있던 젊은 요정이 나와 큰 소리로 이렇게 말했다.
"왕과 왕비시여, 안심하세요. 공주님은 이 저주로 죽지 않을 거예요. 제가 저 늙은 요정이 한 말을 전부 돌이킬 수는 없어요. 저는 그 정도의 힘은 없답니다. 공주는 정말로 물레에 손을 찔리게 될 거예요. 하지만 공주는 죽지 않고 백 년 동안 깊은 잠에 빠져들게 될 거랍니다. 백 년 후 어느 왕자님이 와서 공주를 깨워야만 잠에서 깨어날 수 있어요."

왕은 늙은 요정이 예언한 불행을 피하기 위해 백성들에게 실패와 물레를 돌리는 것을 금하고 집에 있는 물레를 전부 없애도록 명했다. 그리고 이를 어길 시에는 사형에 처할 것이라고 했다.

16년 후, 왕과 왕비는 공주를 데리고 별장에 가게 되었다. 공주는 궁전을 뛰어다니며 여기저기 구경하고 있었다. 이 방 저 방을 둘러보던 공주는 탑 꼭대기에 있는 작은 방으로 들어갔다. 그곳에는 우아하게 생긴 한 노인이 홀로 물레를 돌리고 있었다. 이 노인은 물레 사용을 금한 왕의 명을 듣지 못했던 것이다.

"거기서 뭐 하세요, 할머니?" 공주가 물었다.

"우리 예쁜 손주를 위해 물레를 돌리고 있지." 공주가 누구인지 모르는 노인이 대답했다.

"와! 이 물레는 정말 예쁘네요. 어떻게 하는 거예요? 저한테도 줘 보세요. 저도 한번 해 볼게요." 공주가 말했다. 물레 앞에 앉은 공주는 너무 서두른 탓인지, 서툴러서인지, 그것도 아니면 늙은 요정이 미리 정해 놓은 저주 때문인지 물레를 건드리자마자 그만 손이 찔려 기절하고 말았다.

어찌할 바를 모른 노인은 소리를 질러 도움을 요청했다. 모든 숙소에서 사람들이 달려 나와 방으로 뛰어 들어왔다. 이들은 공주의 얼굴에 물을 뿌리고 신발 끈을 풀어 주었다. 또한 손바닥을 때려 보기도 하고, 향수로 공주의 관자놀이를 문질러 주기도 하는 등 공주를 깨워 보려고 온갖 노력을 해 보았지만 공주는 깨어나지 않았다.

시끄러운 소리를 듣고 방으로 들어온 왕은 요정들의 예언을 곰곰이 생각해 보았다. 요정들의 말대로 이것은 반드시 일어나

야 할 일이라고 생각한 왕은 공주를 궁전에서 가장 아름다운 방에 눕히도록 했다. 공주가 누워 있는 침대는 금과 은으로 수놓아져 있었다. 공주는 작은 천사처럼 너무나도 아름다웠다. 기절해 있어도 그녀의 생기 있는 안색은 조금도 변하지 않았다. 볼은 카네이션처럼 붉었고, 입술은 산호색을 띠었다. 사실 공주는 눈을 감고는 있었지만 약하게 숨 쉬는 소리가 들려왔기 때문에, 사람들은 그녀가 죽지 않았다는 사실에 안도했다. 왕은 공주가 깨어날 때가 올 때까지 방해하지 말고 조용히 자도록 내버려 두라고 명했다.

공주에게 이런 일이 벌어지고 있을 때, 공주가 백 년 동안 잠들어 있도록 마법을 걸어 생명을 구해 주었던 착한 요정은 3만 6천 마일이나 떨어져 있는 마타킨 왕국에 있었다. 하지만 요정은 난쟁이로부터 금세 이 소식을 듣게 되었다. 이 난쟁이에게는 21마일이나 되는 부츠가 있었는데, 이 부츠를 신으면 한걸음에 21마일을 갈 수 있었다. 즉시 마타킨 왕국을 떠난 요정은 한 시간 정도 후에 용들이 끄는 불마차를 타고 공주가 있는 궁전에 도착했다. 왕은 손을 내밀어 마차에서 요정이 내리도록 도와주었다. 요정은 왕이 공주를 위해 내린 명령에 수긍했다. 하지만 요정은 선견지명이 매우 뛰어났다. 요정은 공주가 깨어났을 때 이 오래된 궁전에서 홀로 어찌해야 할 바를 모르고 당황할 것이라 생각했다. 또한 이 모든 것은 자신이 벌인 일이었다. 요정은 왕과 왕비를 제외하고 궁전의 모든 곳에 마법지팡이를 휘둘렀다.

가정교사, 시녀, 궁녀, 귀족, 관리자, 집사, 요리사, 보조 요리사, 설거지꾼, 안내인, 근위병, 기사, 하인 등도 예외가 아니었다. 마찬가지로 요정은 마구간에 있는 모든 말들과 바깥 정원에 있는 큰 개들, 공주 옆에 누워 있는 공주의 작은 스패니얼 개인 귀여운 몹시에게도 마법을 걸었다.

요정의 지팡이가 닿자마자 사람들과 동물들은 모두 잠에 빠져들었다. 이들은 자신들의 여주인인 공주가 깨기 전까지는 깨지 않을 것이었다. 또한 공주가 자신들을 필요로 할 때 공주를 섬길 수 있도록 준비되어 있었다. 이 모든 일이 순식간에 벌어졌다. 요정들에게 이런 일은 식은 죽 먹기나 다름없었다.

왕과 왕비는 잠자고 있는 사랑스러운 딸에게 키스를 하고는 궁전을 나왔다. 이들은 그 누구도 감히 이 궁전 근처에 오지 못하도록 금지령을 내렸다. 하지만 이런 금지령도 필요치 않았다. 왕과 왕비가 궁전을 떠나고 얼마 지나지 않아 궁전 주위에 무수히 많은 크고 작은 나무들과 덤불들이 서로 얽혀 자라났기 때문이다. 사람이나 짐승조차도 이 숲을 헤쳐 나갈 수 없었다. 아무것도 보이지 않았고 궁전의 탑 꼭대기만 겨우 보일 뿐이었다. 그것도 아주 멀리 떨어져서야 보였다. 요정의 이 특별한 조치 덕분에 공주는 자고 있는 동안에도 호기심 많은 사람들에 대해 조금도 걱정할 필요가 없었다.

백 년이 지났다. 잠자는 공주의 또 다른 일가이자 왕국을 다스리고 있는 왕의 아들이 지방으로 사냥을 갔다가 이 궁전을 지나가게 되었다. 왕자는 우거진 숲 속 가운데에 보이는 탑이 무엇인지 물었다. 모두들 소문으로 들은 바대로 왕자에게 답해 주었다. 어떤 이는 그것이 폐허가 된 오래된 성으로 유령이 출몰한다고 말했다. 또 다른 이들은 나라의 모든 마법사들과 마녀들이 이곳에 모여 쉬거나 밤새 모임을 갖는다고 말했다. 일반적인 의견은 그곳에 무서운 괴물이 살고 있는데, 이 괴물이 어린아이들을 눈에 보이는 대로 이 성으로 데려와 잡아먹는다는 것이었다. 아무도 이 괴물을 따라갈 수 없고 오로지 이 괴물만이 숲을 지나갈 수 있는 힘을 지녔다고 했다.

　왕자가 어떤 말을 믿어야 할지 몰라 잠시 생각에 잠겨 있을 때 말끔하게 차려입은 한 시골 사람이 왕자에게 이렇게 말했다. "전하, 제가 50년 전 제 아버지께 들은 이야기를 해 드리겠습니다. 아버지는 할아버지께 전해들은 이야기지요. 이 성에는 전에는 본 적이 없는 아주 아름다운 공주가 계시답니다. 공주는 그곳에서 백 년을 잠들어 있는데, 왕자가 와서 깨워 줘야만 잠에서 깨어날 수 있습니다. 공주는 그 왕자를 위해 그곳에 잠들어 있는 것이지요." 어린 왕자는 이 말을 생각해 볼 여지도 없이, 자신이 이 흔치 않은 모험에 종지부를 찍을 수 있다고 믿었다. 왕자는 이런 생각으로 몸이 타오르는 것을 느꼈다. 왕자는 공주에 대한 사랑과 사명감으로 그 숲으로 들어가 보기로 결심했다.

왕자가 숲에 다가가자 큰 나무들과 가시덤불이 길을 열어 왕자가 지나갈 수 있게 해 주었다. 큰길 끝까지 걸어가자 왕자의 눈에 성이 보이기 시작했다. 놀랍게도 왕자의 부하 중 누구도 왕자를 뒤따라올 수 없었다. 왕자가 숲을 지나자마자 나무들이 다시 닫혔기 때문이다. 하지만 왕자는 멈추지 않고 계속 걸어갔다. 이 젊고 혈기 왕성한 왕자는 항상 용맹하기로 정평이 나 있었다. 왕자는 널찍한 정원으로 들어섰다. 눈앞에 펼쳐진 광경은 이 용감한 청년을 공포로 얼어붙게 만들었다. 그곳은 끔찍한 침묵만이 감돌고 있었다. 사방에 죽음의 그림자가 드리워져 있었고, 사람과 동물들이 모두 쭉 뻗어 있는 것이 모두 죽은 듯 보였다. 하지만 왕자는 경비병들의 홍옥색 얼굴과 여드름이 있는 코를 보고, 이들이 단지 잠이 든 것뿐이라는 사실을 알 수 있었다. 게다가 이들이 들고 있는 포도주잔에는 여전히 포도주가 조금 남아 있었다. 이들은 포도주잔을 쥔 채 잠이 든 것이 틀림없었다.

왕자는 대리석이 깔린 궁전을 가로질러 위층으로 올라갔다. 위층에는 어깨에 장총을 멘 경비병들이 나란히 서서 떠나갈 듯이 코를 골고 있었다. 다음으로 왕자는 잠들어 있는 귀족들로 가득 찬 방 몇 곳을 둘러보았다. 어떤 이들은 서 있었고, 어떤 이들은 앉은 채 잠들어 있었다. 마침내 왕자는 사방이 금빛으로 빛나고 있는 방에 들어섰다. 침대가 하나 있었고 커튼은 모두 열려 있었다. 침대 위에는 지금껏 본 적이 없는 매우 아름다운 공주가 잠들어 있었다. 열대여섯 살로 보이는 공주의 밝고 눈부시기까지 한 아름다움에는 신성함이 깃들어 있었다. 왕자는 감탄을 금치 못하고 전율하면서 공주에게 다가가 무릎을 꿇었다.

그러자 마법이 풀리면서 공주가 깨어났다. 공주는 처음 보았을 때보다 더욱 부드러운 눈빛으로 왕자를 바라보았다. "당신인가요, 나의 왕자님?" 공주가 왕자에게 말했다. "왜 이리 오래 걸리셨어요."

왕자는 이 말에 매혹되었고 서로 이야기를 나누는 동안 공주에게 더욱 빠져들었다. 왕자의 기쁨과 고마움은 이루 말할 수 없었다. 왕자는 자신보다 공주를 더 사랑한다고 확신했다. 이들의 대화는 잘 이어지지 않았다. 이들은 이야기하기보다는 서로 흐느꼈다. 멋진 말들이 오가지는 않았지만, 서로 크나큰 사랑을 느낄 수 있었다. 왕자가 공주보다 더욱 어쩔 줄 몰라 한 것은 놀랄 일도 아니었다. 공주는 왕자에게 할 말을 생각할 시간이 충분히 있었다. 공주를 구한 착한 요정이 그녀가 잠들어 있는 동안 왕자에 대한 기분 좋은 꿈을 꾸도록 했을 가능성이 크기 때문이다. (그렇다 해도 이에 대해 정확히 기재된 사실은 없다.) 어쨌든 두 사람은 함께 네 시간 동안이나 이야기를 나누었지만, 서로 할 말을 절반도 하지 못했다.

그러는 사이, 궁전 전체가 잠에서 깨어났다. 모든 이들이 처음으로 할 일은 모두 같았다. 잠에서 깬 나머지 사람들은 배가

고파 죽을 지경이었다. 그도 그럴 것이 이들이 모두 배고픔을 잊을 만큼 사랑에 빠진 것은 아니었으니 말이다. 다른 사람들만큼이나 배가 고팠던 신부 들러리가 인내심을 잃고는 공주에게 큰 소리로 저녁이 준비되어 있다고 외쳤다. 왕자는 공주가 일어나는 것을 도와주었다. 공주는 옷을 완전히 차려입고 있었고 매우 화려했지만, 왕자는 그것이 마치 자신의 증조할머니 옷 같다는 말은 입 밖에 내지 않았다. 구식 옷매무새에도 공주의 매력은 조금도 떨어지지 않았다.

두 사람은 거울이 있는 커다란 방으로 들어갔다. 그곳에서 왕자와 공주는 저녁을 먹고 시종들의 시중을 받았다. 바이올린과 오보에가 연주되었다. 비록 연주한 지 백 년이 지났지만, 그 솜씨는 여전히 훌륭했다. 저녁 식사 후, 시간을 지체하지 않고 신부님이 궁전 안에 있는 예배당에서 두 사람을 결혼시켰고, 신부 들러리가 커튼을 모두 쳐 두었다. 하지만 두 사람은 잠도 거의 안 자고 이야기꽃을 피웠다. 다음 날 아침, 왕자는 공주를 남겨두고 아버지인 왕이 걱정하고 있을 것 같아 자신의 궁전으로 돌아갔다. 왕자는 사냥을 하다가 숲 속에서 길을 잃어 한 석탄 상인의 오두막에서 치즈와 갈색 빵을 먹으며 지냈다고 왕에게 말했다.

왕자의 아버지인 왕은 느긋한 성격이라 왕자의 말을 그대로 믿었다. 하지만 왕자의 어머니는 이런 거짓말에 속지 않았다.

왕자는 항상 이런저런 핑계를 대며 거의 매일 사냥을 나갔다가 삼사일씩 자고 들어왔다. 왕비는 왕자가 몰래 결혼한 것이라고 의심하기 시작했다. 이후 왕자는 2년 동안 공주와 함께 살며 두 아이를 낳았다. 첫째는 딸로 '오로라'라고 이름 지었고, 둘째는 아들로 '데이'라고 지었다. 아들은 딸보다 훨씬 더 잘생기고 예쁘장했다.

2년 후 왕자가 다시 궁전으로 돌아오자, 왕비는 왕자에게 지난 2년간 어떻게 지냈는지 사실대로 이야기하라고 몇 번이나 말했다. 하지만 왕자는 자신의 비밀을 어머니에게 털어놓을 만큼 어머니를 신뢰하지는 않았다. 어머니를 사랑하긴 했지만 한편으로는 두렵기도 했다. 왜냐하면 왕비는 사람을 잡아먹는 마녀였기 때문이다. 왕비가 어마어마한 부자가 아니었다면 왕은 결코 왕비와 결혼하지 않았을 것이다. 궁전 안에서는 왕비가 지나가는 어린아이들을 볼 때마다 이들에게 덤벼들고 싶은 것을 안간힘을 다해 참고 있다는 소문도 돌고 있었다. 상황이 이렇다 보니 왕자는 왕비에게 공주와 아이들에 대해 한마디도 하지 않을 작정이었다.

하지만 2년 후 왕이 죽고 왕자가 그 뒤를 잇게 되자, 왕자는 그제야 자신이 결혼했음을 세상에 알렸다. 왕자는 성대한 결혼식을 올리고 자신의 왕비를 궁전으로 데려왔다. 이들은 화려한 행진을 하며 수도에 있는 궁전으로 들어왔다. 왕비는 두 아이들

사이에 앉아 있었다.

얼마 후 왕은 이웃 나라인 컨탈라부트 제국과 전쟁을 하여 떠나게 되었다. 왕은 왕국의 통치를 어머니인 대비에게 맡기며, 자신의 아내와 아이들을 잘 보살펴 줄 것을 간절히 부탁했다. 왕은 여름 내내 원정을 계속해야 했다. 왕이 떠나자마자 대비는 며느리인 왕비를 숲 속 별장으로 보냈다. 이곳이라면 자신의 끔찍한 열망을 더 쉽게 이룰 수 있을 것이라고 생각했다.

며칠 후 역시 별장에 도착한 대비는 별장의 주방장에게 이렇게 말했다.
"내가 내일 어린 오로라를 저녁 식사로 먹어야겠다."
"네! 마마." 주방장이 외쳤다.
"내일 먹을 것이야." 대비가 말했다. (그리고 그 목소리에는 신선한 고기를 먹으려고 안달이 나 있는 식인 마녀의 탐욕이 고스란히 담겨 있었다.) "거기다 로베르 소스를 발라 먹을 거야."

가엾은 주방장은 이 식인 마녀에게 대항해서는 절대 안 된다는 것을 잘 알고 있었다. 주방장은 커다란 식칼을 들고서 어린 오로라의 방으로 올라갔다. 오로라는 그때 네 살이었다. 오로라는 까르르 웃으며 깡충깡충 주방장에게 달려와 목에 매달리면서 맛있는 사탕을 달라고 졸랐다. 이를 본 주방장은 울음을 터뜨리고는 손에 들고 있던 식칼을 바닥에 떨어뜨렸다. 주방장은 뒷

마당으로 가서 어린 양을 잡아 아주 맛있는 소스를 발라 요리를 했다. 그것이 어찌나 맛있었던지 대비는 이렇게 맛있는 고기는 지금까지 먹어본 적이 없다고 흡족해했다. 그러고 나서 주방장은 어린 오로라를 자신의 아내에게 몰래 데려다 주면서 마당 아래에 있는 비밀 창고에 숨겨 달라고 부탁했다.

8일 정도 지나자, 사악한 대비는 주방장에게 이렇게 말했다. "어린 데이를 저녁으로 먹어야겠다."

주방장은 한마디도 하지 않았지만, 내심 지난번과 같이 대비를 속여야겠다고 결심하고 있었다. 주방장은 어린 데이를 찾으러 갔다. 데이는 손에 작은 막대기를 들고서 커다란 원숭이와 신나게 장난을 치고 있었다. 이때 데이는 겨우 세 살이었다. 주방장은 그런 데이를 팔로 안아 아내에게 데리고 갔고 아내는 데이를 오로라와 함께 창고에 숨겨 놓았다. 주방장은 어린 데이 대신에 아주 부드러운 새끼염소로 요리를 만들었다. 식인 마녀는 이번에도 요리를 아주 맛있게 먹었다.

여기까지는 모든 것이 매우 순조로웠다. 그러던 어느 날 저녁, 이 사악한 대비가 주방장에게 또다시 명령했다. "여왕을 아이들과 같은 소스를 발라서 먹어야겠다."

이번에는 가엾은 주방장도 절망감에 사로잡혔다. 대비를 속일 자신이 없었기 때문이다. 젊은 왕비는 이제 갓 스무 살이었다. 물론 잠들어 있었던 백 년은 제외하고 말이다. 왕비의 피부처럼 그렇게 단단한 짐승을 마당에서 어떻게 찾을 수 있을지 걱정스러웠다. 주방장은 자신의 목숨을 구하기 위해 왕비의 목을 벨 수밖에 없다고 결심했다. 단번에 일을 끝내겠다고 마음먹은 주방장은 맹렬한 기세로 왕비의 방을 향해 올라갔다. 손에는 날카로운 검을 쥐고 있었다. 하지만 주방장은 왕비를 놀라게 하고 싶지는 않았다. 주방장은 왕비에게 자기는 대비로부터 이러이러한 명령을 받았다고 아주 정중하게 실토했다.

"그럼 그렇게 하시오, 어서!" 왕비가 목을 내밀며 말했다. "명령을 이행하시오. 나는 저세상으로 가서 내 아이들을 만나야겠소. 가엾은 내 아이들. 정말 사랑하는 내 아이들." 왕비는 주방장이 말없이 아이들을 데려간 이후로 줄곧 아이들이 죽었다고 믿고 있었다.

"아, 왕비님, 아닙니다. 아니에요." 불쌍한 주방장은 눈물을 펑펑 흘리며 외쳤다. "왕비님은 죽지 않으실 겁니다. 그리고 아이들을 다시 보시게 될 거예요. 제가 아이들을 숨겨 놓은 비밀 창고에서 말이죠. 제가 왕비님 대신 어린 암사슴을 드시게 해서 한 번 더 대비마마를 속여 보겠습니다."

말이 끝나자마자 주방장은 왕비를 창고로 데리고 갔다. 왕비

는 아이들을 얼싸안고 눈물을 펑펑 흘렸다. 주방장은 밖으로 나가 암사슴을 잡고 소스를 발라 대비에게 주었다. 대비는 이것이 왕비인 줄 알고 정말 맛있게 먹어 치웠다. 대비는 자신의 잔인한 행동을 무척 기뻐했다. 왕이 돌아오면 날뛰던 늑대가 왕비와 두 아이를 모두 잡아먹어 버렸다고 말할 생각이었다.

그러던 어느 날 저녁, 대비는 늘 그러하듯이 신선한 고기 냄새를 맡기 위해 궁전의 앞마당과 뒷마당을 여기저기 서성이고 있었다. 순간, 대비는 지하에서 어린 데이의 울음소리와 그의 어머니가 말썽꾸러기 아들을 찰싹찰싹 때리는 소리를 들었다. 어린 오로라가 남동생을 용서해 달라고 말하는 소리도 들렸다.

왕비와 두 아이의 목소리를 단번에 알아챈 이 식인 마녀는 자신이 속았다는 사실에 광분했다. 다음 날 아침, 동이 트자마자 대비는 모두를 떨게 만들 가장 험악한 목소리로 대정원 중앙에 커다란 통을 가져다 놓으라고 명했다. 여기에 두꺼비, 독사, 온갖 종류의 뱀을 가득 채우게 한 대비는 왕비와 두 아이들, 주방장과 그의 아내, 시중을 든 하녀를 그 안에 넣어 죽이려 하였다. 죽임을 당할 자들이 팔이 뒤로 묶인 채 정원에 들어섰다.

이들이 통 앞에 서고 처형자들이 막 이들을 통 안으로 던져 넣으려 할 때, 왕(이렇게 빨리 돌아오리라고는 아무도 예상하지 못했다.)이 말을 타고 정원에 들어섰다. 눈앞에 벌어진 광경을 보고 크게 놀란 왕은 이 끔찍한 광경이 어떻게 된 일인지를 물었다. 아무도 감히 왕에게 선뜻 답하지 못했다. 그때, 대비가 지금 벌어진 일에 너무나도 화가 나고 흥분한 나머지 자신의 머리를 통 속에 집어넣었다. 대비는 다른 사람들을 죽이려고 준비해 둔 흉측한 동물들에게 즉시 잡아먹히고 말았다. 왕은 어머니의 죽음에 마음이 아팠지만, 곧 아름다운 아내와 귀여운 아이들을 보며 위안을 삼고 그들과 함께 오래오래 행복하게 살았다.

The Fairy Tales of Charles Perrault
Riquet with the Tuft

고수머리 리케

고수머리 리케

옛날 옛적에 한 여왕에게 끔찍하게 못생긴 아들이 있었다. 이 아들은 어찌나 못생겼던지 사람이 아니라는 말까지 돌 정도였다. 이 왕자가 태어났을 때 한 요정이 말하기를, 그는 지혜가 풍부해 사람들에게 많은 사랑을 받을 것이라 했다. 또한 그가 가장 사랑하는 사람에게 원하는 만큼의 지혜를 줄 수 있는 능력을 선물하겠다고 말했다. 이토록 못생긴 아이를 낳은 것 때문에 깊은 슬픔에 빠져 있던 가엾은 여왕은 요정의 말에 커다란 위안을 받았다. 요정의 말은 곧 사실로 밝혀졌다. 왕자는 말을 하기 시작하자 수천 가지 아름다운 말을 하였고, 하는 행동 역시 애교가 철철 넘쳐흘러 보고 있는 모든 사람들을 매혹시켰다. 왕자는 태어날 때부터 머리가 볶아 놓은 것 같은 곱슬머리였기 때문에, 사람들은 그의 성을 붙여 고수머리 리케라 불렀다.

7~8년이 지나, 이웃 왕국의 왕비가 두 딸을 낳았다. 첫째 딸은 그 누구도 비교할 수 없을 만큼 아름다워서 여왕은 매우 기뻐하였다. 하지만 기쁨이 지나쳐 오히려 딸에게 해가 되지 않을까 걱정하였다. 어린 고수머리 리케가 태어날 때 축복을 내렸던 요정이 공주가 태어날 때에도 함께하였다. 요정은 여왕의 기쁨을 조금 누그러뜨리기 위해 이 어린 공주에게는 지혜가 전혀 없을 것이며 예쁜 만큼 우둔할 것이라고 말했다. 이 말을 들은 여왕은 몹시 당황하였다. 하지만 얼마 후 여왕은 더욱 큰 슬픔에 빠지고 말았다. 갓 태어난 둘째 딸이 너무나 못생겼기 때문이었다.

"여왕님, 너무 괴로워하지 마세요." 요정이 말했다. "여왕님의 따님은 매우 지혜로울 것이기 때문에 외모가 조금 부족하다고 해도 크게 문제되지 않을 거예요."

"오, 고마워." 여왕이 대답했다. "하지만 아름다운 첫째 딸이 조금이라도 지혜로워질 수 있는 방법은 없을까?"

그러자 요정이 말했다. "지혜라면, 제가 해드릴 수 있는 일이 없습니다. 하지만 아름다움에 관한 것이라면 뭐든 해드릴 수 있습니다. 여왕님이 만족하실 만한 선물을 하나 드리지요. 첫째 공주님은 자신을 가장 기쁘게 하는 사람을 멋지게 만들 수 있는 힘을 갖게 될 것입니다."

공주들은 무럭무럭 자랐고, 그들의 완벽한 외모와 지혜도 함께 무르익었다. 사람들은 모두 첫째 공주의 아름다움과 둘째 공주의 지혜로움을 입을 모아 칭찬했다. 하지만 이들의 부족한 부분 역시 나이가 들수록 점점 더 눈에 두드러지기 시작한 것도 사실이었다. 둘째 딸은 눈에 띄게 점점 더 못생겨졌고, 첫째 딸은 하루하루 점점 더 우둔해졌다. 그녀는 묻는 말에 전혀 대답을 하지 못하거나 무척 어리석은 말만 하였다. 또한 모든 일에 서툴러 선반 위에 그릇 네 개를 올려놓을 때면 항상 그중 하나는 깨뜨리곤 했다. 물 한 잔을 마실 때에도 절반은 옷에 흘리기가 일쑤였다. 아름다움이 젊은 사람들의 큰 이점이긴 하지만, 거의 항상 둘째 딸이 첫째 딸보다 더 큰 사랑을 받았다. 사람들은 처음에 첫째 딸의 미모에 반해 그녀를 칭찬했지만, 곧 둘째 딸의 입에서 흘러나오는 재미있고 쾌활한 말을 듣기 위해 그녀에게 모여들었다. 15분도 채 지나지 않아 첫째 딸 주변에는 아무도 남지 않았고, 모두가 둘째 딸 주변에 모여 그녀의 말에 귀를 기울였다. 첫째 딸이 아무리 우둔하다고 하더라도 이 상황을 눈치채지 못할 리가 없었다. 그녀는 자신의 아름다움을 모두 주고서라도 동생의 지혜를 반만이라도 가져오고 싶었다. 누구보다 신중했던 여왕은 첫째 공주를 몇 번이나 나무라며 달랬지만, 그럴수록 불쌍한 첫째 공주의 슬픔은 더해만 갔다.

어느 날, 첫째 공주가 숲 속에서 자신의 불행을 한탄하고 있을 때, 한 작은 남자가 자신에게 다가오는 것을 보았다. 그는 외모는 매우 불쾌했지만 의상만큼은 무척 화려했다. 이 남자가 바로 젊은 왕자 고수머리 리케였다. 그는 첫째 공주의 모습을 보고 그녀와 사랑에 빠져 버렸다. 그는 세상의 이곳저곳을 많이 다녀 보았지만 이처럼 아름다운 여인은 본 적이 없었다. 그는 공주와 만나 이야기하는 기쁨을 누리기 위해 자신의 왕국을 떠나 이웃 왕국으로 가게 되었다.

공주를 찾아낸 기쁨에 들뜬 리케 왕자는 최대한 정중하고 공손하게 자신을 소개했다. 그녀에게 온갖 찬사를 쏟아낸 왕자는 공주가 심하게 우울해하고 있다는 것을 알아차렸다.

"당신처럼 아름다운 사람이 왜 그렇게 슬픈 얼굴을 하고 있는지 이해할 수 없군요. 저는 세상에서 눈부시게 매력적인 아가씨들을 수도 없이 봤지만 공주님의 아름다움에는 절대 비할 수 없답니다."
"그렇게 말해 주니 기쁘군요." 공주가 말했다.
"아름다움이란 다른 모든 것을 이길 수 있는 큰 장점이에요. 공주님은 이런 보물을 가지셨으니 그렇게 괴로워하실 이유가 전혀 없습니다."

그러자 공주가 울며 말했다. "아름답고 멍청한 대신 전 차라리 당신처럼 못생겼더라도 지혜를 가졌으면 좋겠어요."
"사람은 본래 좋은 것을 가지게 되면 더욱더 그것을 원하게

되는 법이지요. 그것이 인간의 본성입니다." 리케 왕자가 대답했다.

"그건 잘 모르겠어요." 공주가 말했다. "하지만 제가 매우 어리석다는 건 잘 알아요. 그 사실 때문에 너무 화가 나 죽을 지경이지요."

"그것이 문제라면 제가 공주님의 슬픔을 아주 쉽게 해결해 드릴 수 있습니다."

"어떻게 말인가요?" 공주가 울며 물었다.

"저에게는 제가 가장 사랑하는 사람에게 제가 할 수 있는 만큼의 지혜를 줄 수 있는 능력이 있어요. 그리고 당신이야말로 바로 그런 사람입니다. 당신이 저와 기꺼이 결혼해 준다면 제가 그 지혜를 드리겠습니다."

공주는 너무 놀라 한마디 말도 하지 못했다.
"제 말이 공주님을 무척 불편하게 만든 것 같군요. 당연한 일입니다. 하지만 공주님이 제 말을 생각해 볼 수 있도록 일 년의 시간을 드리지요."

지혜가 없었던 공주는 지혜로워지기를 너무나 간절히 바랐기 때문에 일 년의 시간이 굉장히 길게 느껴졌다. 마치 그 시간이 오지 않을 것 같았다. 그리하여 공주는 곧장 리케 왕자의 말을 받아들였다. 공주가 일 년 후 바로 오늘 왕자와 결혼하겠다고 고수머리 리케에게 약속을 하자, 자신이 전과 매우 달라진 것을 깨달았다. 그녀는 자신이 원하는 바를 정중하면서도 쉽고 자연스럽게 말할 수 있는 놀라운 재능을 갖게 된 것이다. 공주는 고수머리 리케와 매우 차분하게 대화를 이어 나갔다. 공주의 이야기를 듣고 있자니 고수머리 리케는 자신이 가진 것보다 더 많은 지혜를 그녀에게 준 것 같았다.

공주가 궁전으로 돌아오자, 갑자기 특출하게 변한 공주를 보고 궁전 전체가 술렁였다. 그도 그럴 것이 전에는 어리석고 멍청한 말만 하던 공주의 입에서 이제는 분별 있는 대화와 수없이 많은 지혜로운 말을 들을 수 있었기 때문이다. 궁전의 모든 사람들이 상상할 수 없는 이 같은 변화에 크게 기뻐하였다. 기뻐하지 않는 이는 오직 한 명, 공주의 여동생뿐이었다. 둘째 공주는 이제 더 이상 지혜롭다는 장점을 내세울 수 없었다. 그녀는 언니에 비하면 너무 못생기고 매력 없는 소녀에 지나지 않았다. 왕은 첫째 딸의 조언에 귀를 기울이게 되었고, 심지어 그녀의 방에서 대신들과 회의를 하기도 하였다. 이러한 소문이 온 나라에 퍼지자 이웃 왕국의 젊은 왕자들이 그녀의 환심을 사기 위해 갖은 노력을 다했으며 거의 모두가 공주에게 청혼을 하였다. 하지만 그녀는 이들 중 누구도 자신만큼 지혜롭지 않다는 사실을 알았다. 그녀는 이들이 모두 청혼하는 것을 들어 주었지만, 누구에게도 결혼을 승낙하지 않았다.

그러던 어느 날, 매우 재능 있고 부유하며 지혜롭고 잘생기기까지 한 왕자가 찾아왔다. 당연히 첫째 공주는 그에게 호감을 갖게 되었다. 공주의 아버지도 이를 감지하고 공주에게 직접 신랑감을 고르도록 하였다. 이런 문제에 분명한 해답을 찾기란 어려운 법! 공주는 먼저 아버지께 감사의 말을 전한 후 생각할 시간을 달라고 청하였다.

공주는 앞으로 어떻게 해야 할지를 생각하던 중에 우연히 고수머리 리케를 만났던 숲 속을 걷게 되었다. 공주가 깊은 생각에 빠져 걷고 있을 때, 발밑에서 이상한 소리를 들었다. 마치 많은 사람이 매우 바쁘게 이리저리 움직이는 소리 같았다. 공주가 좀 더 자세히 귀를 기울이자 이런 말소리가 들렸다.

"냄비를 가져와." 또 다른 목소리가 들렸다. "저 주전자 좀 줘." 이런 목소리도 들렸다. "불 위에 나무를 좀 더 얹어."

바로 그때 땅이 갈라지면서 공주의 발아래에 멋진 주방이 나타났다. 주방은 요리사와 설거지꾼, 훌륭한 접대를 위해 필요한 각종 하인들로 가득 차 있었다. 20~30명이나 되는 요리사들이 고기를 굽기 위해 손에는 돼지기름을 넣는 핀을 들고 모자에는 그릴용 꼬챙이를 꽂은 채 긴 나무 탁자에 자리를 잡고 있었다. 이들은 모두 입을 맞춰 노래를 부르며 일을 막 시작하려고 하고 있었다.

눈앞에 펼쳐진 이러한 광경에 너무 놀란 공주는 이들에게 누구를 위해 일하고 있는지 물었다.

"고수머리 리케 왕자님이시죠." 주방장으로 보이는 요리사가 답했다. "왕자님은 내일 결혼하신답니다."

이 말에 공주는 정신이 번쩍 들며 깜짝 놀랐다. 내일은 바로 자신이 고수머리 리케와 결혼하겠다고 약속한 날이었다. 공주는 자신이 땅속으로 꺼지는 느낌이 들었다.

이런 약속을 할 당시 공주는 매우 어리석었었지만, 왕자가 준 많은 지혜를 얻고 난 후에는 자신의 우둔했던 과거를 완전히 잊어버리고 있었다. 공주는 계속해서 걸었다. 하지만 30걸음도 채 가지 않아 고수머리 리케가 눈앞에 나타났다. 리케는 곧 결혼식을 올릴 왕자에 걸맞게 가장 훌륭하고 화려한 옷을 차려입고 있었다.

"공주님, 전 약속을 반드시 지키는 사람입니다. 공주님도 약속을 지키러 이곳에 오시리라 믿어 의심치 않았습니다. 이제 제 손을 잡아 주신다면 전 세상에서 가장 행복한 남자가 될 거예요." 리케 왕자가 말했다.

"당신에게 고백할 것이 있어요. 전 아직 이 결혼에 대해 어떤 결정도 내리지 못했어요. 그리고 확신하건대 저는 당신이 바라는 그런 사람이 절대 될 수 없을 거예요."

"저를 놀라게 하지 마세요, 공주님." 고수머리 리케가 말했다.

그러자 공주가 말했다. "만약 제가 광대나 지혜가 전혀 없는 사람과 결혼해야 한다면 전 분명 크게 상심할 거예요. 남자는 제게 말하겠죠. '공주는 항상 자신이 한 말은 지키지요. 당신은 나와 약속했으니 반드시 나와 결혼해야 하오.' 하지만 제가 대화하고 있는 사람은 가장 분별력 있고 판단력이 뛰어난 분이시잖아요. 저는 그분이 제가 하는 말을 들어줄 것이라 믿어요. 제가 어리석었을 당시에도 전 당신과 결혼할 결심을 하지 못했어요. 당신이 왜 저와 결혼하려고 하는지 몰랐지요. 당신이 제게 준 지혜 덕분에 전 이제 판단력이 많이 생겼고, 당신과의 결혼을 결심하는 것이 예전보다 훨씬 더 어려워졌어요. 당신이 진심으로 저를 당신의 아내로 맞이할 생각이었다면 우둔할 정도로 단순한 제가 훨씬 더 명확하게 상황을 볼 수 있도록 만들어 준 것은 크게 잘못하신 거예요."

"당신이 말한 것처럼 지혜와 분별력이 없는 사람이 당신이 약속을 어긴 것에 대해 비난할 수 있다면, 저에게는 왜 그것을 허락하지 않는 건가요? 제 인생의 모든 행복이 걸린 문제인데 말입니다. 지혜롭고 분별력 있는 사람은 그렇지 않은 사람보다 더 안 좋은 상황에 놓여도 된다는 게 과연 합리적인 말인가요? 사실대로 이야기해 봅시다. 제가 못생기고 기이하게 생긴 것을 빼면 당신이 제게 그토록 불만을 갖는 이유가 있습니까? 제 신분이 마음에 안 드십니까? 아니면 지혜나 재치, 예절이 마음에 안 드시나요?"

"결코 그렇지 않아요. 전 당신이 말한 것들을 사랑하고 존중해요."
"그렇다면 전 정말 행복할 거예요. 당신은 제가 가장 사랑스러운 남자가 되도록 만드는 힘을 가졌어요."

"어떻게 그럴 수 있죠?" 공주가 물었다.

"당신이 저를 정말 사랑한다면, 그리고 제가 한 말을 의심하지 않는다면 그렇게 될 수 있어요. 제가 태어난 날, 한 요정이 저를 기쁘게 해주는 사람을 지혜롭고 분별력 있는 사람으로 만들 수 있는 힘을 저에게 주었지요. 마찬가지로 그 요정이 당신에게는 당신이 사랑하고 인정하는 남자를 멋지게 만들 수 있는 힘을 주었답니다."

"그렇다면 저는 제 온 마음을 다해 당신이 세상에서 가장 멋진 남자가 되기를 바랄게요. 제 능력을 당신에게 쓰겠어요."

공주가 이렇게 말하자, 곧 고수머리 리케는 세상에서 가장 훌륭하고 멋진 왕자로 변신했다. 왕자는 공주가 지금까지 본 남자 중 가장 잘생기고 매력적인 남자가 되어 있었다. 어떤 사람들은

왕자가 이렇게 변한 것이 요정의 마법 때문이 아니라 오직 사랑의 힘 덕분이라고 말한다. 이들은 왕자의 인내심과 신중함, 훌륭한 성품, 재치, 판단력 등을 충분히 알게 된 공주가 더 이상 왕자의 기이한 체형이나 못생긴 얼굴은 상관하지 않게 된 것이라고 말한다. 이제 공주의 눈에는 왕자의 등에 툭 불거진 혹은 넓은 등을 가진 남자의 정감어린 모습으로밖에 보이지 않았고, 공주가 끔찍하게 생각하던 절름발이의 모습은 경사진 곳을 걷는 왕자의 모습으로 보였다는 것이다. 이 모든 것들이 공주의 눈에는 매력적으로 보였다. 사람들은 심지어 사시인 왕자의 눈이 공주에게는 더없이 맑고 또렷하게 보였다고 한다. 왕자의 크고 빨간 코 역시 공주가 보기에는 늠름하고 용감무쌍하게 보였을 것이다.

제아무리 공주라 해도 왕자와 바로 결혼하려면 아버지의 승낙이 있어야 했다. 고수머리 리케의 슬기로움과 판단력에 대해 익히 알고 있던 왕은 딸의 마음속에 왕자에 대한 존경심이 가득 찬 것을 보고는 기쁜 마음으로 그를 사위로 받아들였다. 다음 날 아침, 고수머리 리케가 예견하고 준비했던 대로 두 사람의 결혼식이 성대하게 벌어졌다.

The Fairy Tales of Charles Perrault
Little Thumb

엄지 동자

엄지 동자

옛날, 어느 나무꾼 부부에게 7명의 아들이 있었다. 첫째는 열 살이었고, 막내는 고작 일곱 살이었다. 이 나무꾼이 어떻게 이렇게 짧은 시간에 그토록 많은 아이를 낳을 수 있었는지 의아해할지도 모른다. 그것은 그의 아내가 쉬지 않고 자신의 소임을 다하면서도 매번 한 번에 두 명 이상의 아이를 낳았기 때문에 가능한 일이었다. 나무꾼 부부는 매우 가난했으므로 밥벌이를 할 수 없는 일곱 아이들은 부부에게 큰 부담이었다. 설상가상으로 막내는 매우 연약하고 말도 잘 못했다. 그는 태어날 때 엄지만큼 매우 작았기 때문에 사람들은 그를 '엄지 동자'라고 불렀다.

불쌍한 막내는 아무런 잘못을 저지르지 않았음에도 불구하고 집에서 일어나는 모든 불상사에 대해 비난을 받아야 했다. 하지만 막내는 다른 형제들보다 더 영리했고, 이들의 지혜를 모두 합친 것보다도 더 지혜로웠다. 막내는 말을 거의 하지 않는 대신 주변 사람의 말에 좀 더 귀를 기울이고 더 많이 생각했다.

그러던 어느 해에 가뭄이 심하게 들자, 이 가난한 부부는 아이들을 내다 버리기로 결심했다. 어느 날 저녁, 아이들이 모두 잠자리에 들자 나무꾼은 아내와 불가 옆에 앉아 슬픔에 젖은 목소리로 이야기를 나누었다.

"우리가 이 아이들을 모두 기를 수 없는 건 분명하오. 그렇다고 이 아이들이 내 눈 앞에서 굶어 죽는 것은 도저히 볼 수가 없소. 내일 이 아이들을 숲 속에 버립시다. 아이들이 나무를 묶느라 정신이 없는 동안 우리는 조용히 도망치면 되는 거요. 아주 쉬운 일이지."

"아!" 아내가 갑자기 울음을 터트렸다. "당신 자식을 데리고 나가 내다 버릴 작성이신 거예요?"

남편이 자신들의 가난한 처지를 열심히 설명했지만, 아내는 남편의 의견에 동의하지 않았다. 이들이 찢어지게 가난한 것은 사실이었지만, 그녀는 아이들의 어머니였다. 하지만 아이들이 배고픔에 허덕이다 결국 죽어 가는 것을 보는 것이 얼마나 큰 슬픔일지를 생각한 아내는 마침내 남편의 말에 동의하고 밤새 울

다가 잠이 들었다.

　엄지 동자는 이들이 하는 말을 모두 들었다. 엄지 동자가 잠자리에 들려고 할 때 부부가 무척 심각하게 소곤대는 소리를 듣고는 조용히 일어나 아버지의 긴 의자 밑에 숨어 이들의 이야기를 모두 엿들은 것이다. 부부는 아들이 그곳에 숨어 있는 것을 전혀 눈치채지 못했다. 이야기를 다 들은 엄지 동자는 다시 잠자리에 들었지만 앞으로 어찌해야 하는지를 생각하느라 뜬눈으로 밤을 지새웠다. 다음 날 엄지 동자는 아침 일찍 일어나 강가로 나갔다. 그곳에서 그는 작고 흰 조약돌을 주워 주머니 가득 넣고는 집으로 돌아왔다. 잠시 후 온 가족이 밖으로 나왔지만 엄지 동자는 형들에게 어젯밤 자신이 들은 이야기를 한마디도 하지 않았다. 이윽고 가족은 매우 울창한 숲에 이르렀다. 나무가 너무 많아 열 걸음만 떨어져도 앞 사람이 보이지 않을 정도였다. 나무꾼은 나무를 베기 시작했고 아이들은 나무 다발을 만들 나뭇가지들을 모으기 시작했다. 아이들이 열심히 일에 열중하는 것을 본 부부는 조금씩 아이들에게서 멀어지다가 마침내 구불구불 얽힌 덤불 사이로 도망쳤다.

　잠시 후, 자신들만 남겨진 것을 알게 된 아이들은 목청껏 울기 시작했다. 엄지 동자는 형들이 우는 것을 바라보고만 있었다. 그는 집으로 가는 길을 매우 잘 알고 있었다. 숲으로 오는 길에 주머니에 있는 작고 흰 조약돌을 계속 떨어뜨렸기 때문이다.

엄지 동자가 형들에게 말했다.

"형들, 너무 무서워하지 마세요. 아버지, 어머니가 저희를 여기에 버려 두긴 했지만 다시 집까지 갈 수 있어요. 저만 따라오세요." 형들은 순순히 엄지 동자의 말을 따랐고, 엄지 동자는 숲으로 들어왔던 바로 그 길을 따라 집 앞에 당도했다. 하지만 이들은 감히 집에 들어갈 엄두도 내지 못한 채 문 앞에 앉아 부부가 무슨 이야기를 하는지 가만히 귀를 기울이고 있었다.

한편, 나무꾼과 아내가 집으로 돌아오자, 영주가 이들에게 10크라운을 보내왔다. 오래전에 영주가 부부에게 빌린 것이었는데, 부부는 이 돈을 받으리라는 기대조차 하지 않고 있었다. 가족이 모두 거의 굶어 죽을 지경에 있었기 때문에, 영주의 이 돈은 가난한 부부에게 새로운 희망과 같았다. 나무꾼은 즉시 아내를 푸줏간으로 보냈다. 밥 한 숟가락 제대로 먹어본 지도 꽤 오래되었으므로 아내는 두 사람이 포식할 수 있을 만큼 많은 고기를 세 덩어리 사왔다. 고기로 배를 채운 아내가 말했다.

"아! 지금쯤 불쌍한 우리 아이들은 어디에 있을꼬? 여기 같이 있었다면 우리가 남긴 고기로 배를 든든히 채울 수 있었을 텐데……. 아이들을 버릴 생각을 한 건 바로 당신이에요, 윌리엄. 우린 정말 땅을 치고 후회해야 해요. 아이들은 지금 숲 속에서 어떻게 하고 있을까요? 아! 신이시여, 늑대들이 벌써 아이들을 잡아먹었을지도 몰라요. 자기 아이들을 버리다니 당신은 정말 잔인한 사람이에요."

 나무꾼도 마침내 인내심이 바닥이 나고 말았다. 아내는 벌써 이 말을 스무 번도 넘게 했다. 그리고 그녀가 그렇게 말하는 것은 너무나 당연한 일이었다. 나무꾼은 아내에게 잠자코 있지 않으면 매질을 하겠다고 으름장을 놓았다. 나무꾼도 아내만큼 속이 상했는데, 아내는 계속해서 그를 괴롭혔다. 게다가 그는 항상 옳은 말만 하는 사람들을 매우 성가시게 생각하는 사람이었다. 아내는 눈물로 반쯤 초주검이 되어 외쳤다.
 "아! 지금 내 아이들은 어디 있는 거야? 불쌍한 내 아이들!"

 아내가 너무나 큰 소리로 울부짖어서 문 앞에 있던 아이들이 이 소리를 듣고 모두 함께 울기 시작했다.
 "여기 있어요. 여기 있어요, 어머니."
 이 말을 들은 아내는 곧장 문밖으로 달려 나가 아이들을 안으며 말했다.
 "너희들을 다시 보게 되어 기쁘구나, 얘들아. 배고프고 피곤하지? 가엾은 피터, 완전히 흙투성이가 되었구나. 어서 들어와서 씻으렴."

 피터는 부부의 첫째 아들이었다. 첫째 아들은 어머니를 닮아 머리카락이 붉었기 때문에, 아내는 아이들 중 이 첫째 아들을 가장 사랑했다. 이들은 모두 둘러앉아 부부만큼이나 맛있게 고기

만찬을 즐겼다. 아이들은 숲에서 얼마나 무서웠는지 떠들어 대며 시종일관 재잘댔다. 부부는 아이들을 다시 집에서 볼 수 있게 되어 뛸 듯이 기뻤다. 그리고 이러한 기쁨은 10크라운을 다 써버릴 때까지 계속되었다. 하지만 마침내 돈을 모두 써버린 부부는 또다시 예전처럼 가난에 허덕이게 되자 다시 한 번 아이들을 내다 버릴 결심을 하였다. 이들은 전보다 훨씬 더 먼 곳으로 아이들을 데리고 가 확실하게 버릴 생각이었다. 부부는 아주 비밀스럽게 이야기했지만, 엄지 동자는 이번에도 이들의 말을 엿듣고 말았다. 엄지 동자는 전과 마찬가지로 이번 어려움을 헤쳐 나갈 계획을 세웠다. 하지만 엄지 동자가 아침에 조약돌을 주우러 나가려고 했을 때, 그는 크게 실망하고 말았다. 대문이 이중으로 잠겨 있었기 때문이었다. 그는 어찌할 바를 모르고 난감해했다. 아버지가 아이들에게 아침으로 먹을 빵 한 조각씩을 나누어 주자, 엄지 동자는 조약돌 대신 이 빵 조각을 활용하기로 했다. 숲으로 가는 길을 따라 빵을 조금씩 떼어내 뿌리려는 것이었다. 엄지 동자는 빵을 호주머니에 슬그머니 집어넣었다.

아버지와 어머니는 가장 울창하고 빠져나오기 힘든 숲으로 아이들을 데리고 갔다. 샛길로 빠진 부부는 아이들을 그곳에 두고 도망쳤다. 엄지 동자는 이번에도 크게 불안해하지 않았다. 숲으로 오는 길을 따라 뿌려놓은 빵을 따라가면 이번에도 집으로 가는 길을 쉽게 찾을 수 있을 것이라고 생각했기 때문이다. 하지만 놀랍게도 빵은 한 조각도 남아 있지 않았다. 새들이 와서 빵 조각을 모조리 먹어 치워 버렸던 것이다. 형제들은 이제 큰 슬픔에 빠져 버렸다. 숲을 헤매고 다닐수록 집에서는 더 멀어졌고 숲은 더욱더 험난해졌다.

밤이 되자, 높고 거센 바람이 불기 시작했다. 형제들은 두려움에 덜덜 떨었다. 이들은 사방에서 들리는 늑대 울음소리에 촉각을 곤두세우고 있었다. 늑대들이 금방이라도 자신들을 잡아먹으러 달려들 것 같았다. 이들은 무서워서 서로 말 한마디 하지 못하고 머리조차 까딱하지 못했다. 비도 심하게 내려 형제들은 속옷까지 쫄딱 젖는 신세가 되었다. 걸을 때마다 발이 미끄러져 진흙탕에 빠졌다. 형제들의 옷은 엉망진창이 되었고, 손에는 보고 있기에 안쓰러울 정도로 상처가 심하게 났다.

엄지 동자는 혹시 무엇이라도 찾을 수 있을까 하여 나무 꼭대기로 올라갔다. 사방을 둘러보던 엄지 동자는 마침내 숲에서 멀리 떨어진 곳에서 촛불처럼 빛나는 빛줄기를 발견하였다. 하지만 엄지 동자가 땅으로 내려오자 땅에서는 더 이상 빛줄기가 보이지 않았다. 엄지 동자는 매우 슬퍼하며 형들과 빛을 보았던 방향을 향해 얼마 동안 걸어갔다. 그러자 다시 한 번 빛이 보이기 시작했다. 숲을 거의 빠져나온 상태였다.

형제들은 마침내 촛불이 비치는 집에 도착했다. 그들은 여전히 두려움으로 가득했다. 이들이 문을 두드리자 선하게 생긴 한 여인이 나와 문을 열어 주었다. 여인이 이들에게 용건을 물었다.

엄지 동자가 말했다. "저희는 이 숲 속에서 길을 잃었어요. 괜찮으시다면 이곳에서 하룻밤 지낼 수 있을까요?" 아이들을 유심히 바라보던 여인은 한숨을 쉬며 이렇게 말했다.

"아, 불쌍한 아이들 같으니라고! 여기가 어디인 줄 아느냐? 이 집은 어린아이들을 잡아먹는 잔인한 식인괴물이 사는 집이란다."

엄지 동자는 사시나무 떨듯 온몸을 떨며 대답했다. "이런! 저흰 어떻게 해야 할까요? 이곳에서 지낼 수 없다면, 분명 숲 속의 늑대들이 오늘 밤 저희를 잡아먹을 거예요. 저희는 차라리 식인괴물에게 잡아먹히는 편이 나을 거예요. 그리고 아주머니가 특별히 부탁한다면 그 식인괴물이 저희를 불쌍히 여기게 될지도 모르잖아요."

식인괴물의 아내는 아침까지 아이들을 남편의 눈에 띄지 않게 숨겨줄 수 있을 것이라 생각하고 이들을 안으로 들어오게 했다. 그녀는 아이들이 불가에서 몸을 녹이도록 해 주었다. 불 속에서는 식인괴물이 저녁으로 먹을 양 한 마리가 통째로 꼬치에 꽂혀 구워지고 있었다.

아이들의 몸이 조금 따뜻해지기 시작했을 때, 문을 쾅쾅 두드리는 소리가 들렸다. 식인괴물이 집에 돌아온 것이다. 식인괴물의 아내는 재빨리 침대 밑에 아이들을 숨기고 문을 열어 주었다. 식인괴물은 저녁 식사가 다 되었는지 묻고는 포도주를 들이키며 식탁에 앉았다. 양은 아직 시뻘겋게 익지 않은 상태였다. 하지만 식인괴물은 이런 날고기를 더 좋아했다. 식인괴물은 좌우로 코를 벌름거리며 말했다. "신선한 고기 냄새가 나는데."

"그 냄새는 아마 제가 방금 죽여서 가죽을 벗긴 송아지 냄새일 거예요." 아내가 말했다.

"다시 한 번 말하지만 신선한 고기 냄새가 난다고." 식인괴물은 뿌루퉁하게 아내를 바라보며 대답했다. "여기에 내가 모르는 뭔가가 있군."

식인괴물은 이렇게 말하며 식탁에서 일어나 곧장 침대로 향했다.

"아! 당신은 어떻게 해도 날 속일 수 없어, 이 망할 여편네. 당신마저 잡아먹을 수도 있지. 하지만 당신이 질기고 늙은 고기라는 사실에 감사하라고. 이거 참 재밌는 게임이군. 나와 친한 식인괴물 셋이 하루 이틀 내에 우리 집에 오기로 했는데 말이야. 이들을 아주 즐겁게 해줄 수 있겠어."

이렇게 말하면서 식인괴물은 침대 밑에서 아이들을 하나씩 끄집어냈다. 불쌍한 아이들은 무릎을 꿇고 살려 달라고 애원했다. 하지만 세상에서 가장 잔인하고 인정머리라고는 없는 이 식

인괴물은 이미 자신의 먹잇감을 눈으로 즐기고 있었다. 그는 맛있는 소스를 뿌려 만찬을 즐기겠다고 아내에게 말했다. 그런 다음 식인괴물은 커다란 식칼을 꺼내 불쌍한 아이들에게 다가갔다. 식인괴물은 왼손에 든 큰 숫돌에 칼을 갈았다. 그는 벌써 아이들 중 한 명을 잡아 들고 있었다. 그때 아내가 말했다.

"지금 꼭 그 아이들을 드셔야겠어요? 내일 드셔도 되잖아요?"

"그만 떠들어. 더 연하고 어린 고기부터 먹어야지."

"하지만 당신에게는 이미 고기가 많잖아요. 지금 그 아이들을 먹을 필요가 없어요. 보세요. 여기 송아지 한 마리와 양 두 마리, 돼지 반 마리가 있잖아요."

"당신 말이 맞군." 식인괴물이 말했다. "저 아이들을 배불리 먹여 도망치지 못하도록 하시오. 다 먹인 후 재우시오."

착한 아내는 이 말을 듣고 매우 기뻐하며 아이들에게 맛있는 저녁을 차려 주었다. 하지만 아이들은 너무나 두려운 나머지 음식을 한입도 먹지 않았다. 식인괴물은 다시 식탁에 앉아, 친구들에게 맛있는 고기를 대접할 생각에 기분이 들떠 포도주를 들이켜고 있었다. 식인괴물은 평소보다도 더 많이 포도주를 12잔이나 마신 후 비틀거리며 일어나 침대에 누웠다.

식인괴물에게는 일곱 명의 어린 딸이 있었다. 이 어린 식인괴물들 역시 아버지와 같이 신선한 고기를 자주 먹다 보니 혈색이 아주 좋았다. 하지만 이들의 눈은 작고 흐릿했으며 코는 매우 둥

글고 굽었다. 입은 크고, 듬성듬성 난 이빨은 매우 길고 날카로웠다. 머리에는 모두 황금으로 된 왕관을 쓰고 있었다. 이들은 일찍 잠자리에 들었다. 이들 방에는 크기가 같은 침대가 여러 개 놓여 있었는데, 식인괴물의 아내는 일곱 명의 어린 소년들을 이 침대에 눕혔다. 그러고는 남편이 있는 자신의 방으로 자러 갔다.

엄지 동자는 식인괴물의 딸들의 머리에 황금 왕관이 있는 것을 보았다. 그는 식인괴물이 형제들을 죽이지 않겠다고 한 말을 후회하며 한밤중에 깨어나지는 않을까 두려워했다. 그는 형들과 자신의 모자를 벗겨 손에 들고는 아주 조심스럽게 일곱 명의 어린 식인괴물들 머리에 씌웠다. 이 어린 괴물들의 황금 왕관은 모두 벗겨 자신과 형들의 머리에 씌웠다. 식인괴물이 어린 소년들을 자신의 딸들로 착각하고, 자신의 딸들은 잡아먹고 싶은 어린 소년들로 착각하도록 하기 위한 것이었다. 모든 일들이 엄지 동자의 바람대로 되었다. 한밤중에 잠에서 깨어난 식인괴물이 아침까지 기다리지 못하고 자리를 박차고 일어나 큰 칼을 집어 든 것이다.

"우리 강아지들이 잘 있나 볼 겸 어디 한번 가볼까."

식인괴물은 어두운 복도를 더듬거리며 딸들이 있는 방으로 갔다. 그는 어린 소년들이 누워 있는 침대로 향했다. 아이들은 모두 곤히 잠들어 있었다. 엄지 동자만이 잠에서 깨어, 식인괴물이 머리 위에서 움직이는 모습을 보며 덜덜 떨고 있었다. 황금 왕관을 만져본 식인괴물이 말했다.

"더 잘 만들어 줬어야 하는데, 어젯밤에는 너무 취해 있었어."

그러고 나서 식인괴물은 딸들이 누워 있는 침대로 갔다. 소년들의 작은 모자를 본 식인괴물이 말했다. "아하! 맛있는 사내아이들이 여기 있었군. 어서 죽여 버려야지!"

식인괴물은 이렇게 말하고 지체 없이 일곱 딸들의 목을 모두 베어 버렸다.

기분이 좋아진 식인괴물은 다시 아내에게로 가 잠이 들었다. 엄지 동자는 식인괴물이 코고는 소리가 들리자, 형들을 깨워 옷을 입고 자신을 따라오라고 했다. 이들은 살며시 마당으로 나가 담장을 넘었다. 형제들은 자신들이 어디로 가는지도 모르고 벌벌 떨며 거의 밤새 달리고 또 달렸다.

아침에 눈을 뜬 식인괴물이 아내에게 말했다.

"위층으로 가서 어젯밤에 온 어린 사내아이들 좀 손질해 주시오."

아이들을 손질해 달라는 말이 어떤 의미인지 식인괴물의 의도는 꿈에도 모른 채, 아내는 남편이 이렇게 선하게 이야기하는 것에 매우 놀랐다. 아내는 남편이 위층으로 가서 아이들에게 옷

을 입히라고 명령한 것이라 생각했다. 위층으로 올라간 아내는 일곱 명의 딸들이 모두 피투성이가 되어 죽어 있는 것을 보고 소스라치게 놀랐다. 아내는 그 자리에서 그만 기절하고 말았다. 이러한 상황에서 쓰러지지 않고 버틸 수 있는 여자는 거의 없을 것이다. 아내가 너무 오랫동안 돌아오지 않자 화가 난 식인괴물은 아내를 도와주려고 위층으로 몸소 올라갔다. 그는 이 끔찍한 광경을 보고 아내만큼이나 깜짝 놀랐다.

"아! 내가 무슨 짓을 한 거지?" 식인괴물이 외쳤다. "이 망할 놈들이 반드시 그 대가를 치르게 해 줘야겠다. 지금 당장!"

식인괴물이 물 한 동이를 아내의 얼굴에 쏟아붓자 아내의 정신이 돌아왔다.
"한 번에 21마일을 갈 수 있는 내 장화를 빨리 내오시오. 그 녀석들을 잡으러 갈 것이오."

밖으로 뛰쳐나간 식인괴물은 이리저리 뛰어다닌 끝에 마침내 불쌍한 아이들이 있는 숲길에 다다랐다. 아이들의 집이 채 100보도 남지 않은 곳이었다. 아이들도 식인괴물을 발견했다. 식인괴물은 이 산 저 산을 한걸음에 넘나들고 넓은 강을 좁은 개울만큼이나 쉽게 건너고 있었다. 마침 엄지 동자는 자신들이 있는 곳과 가까운 곳에 움푹 파인 큰 바위가 있는 것을 보고 형들을 그곳에 숨게 하고 자신도 바위 안으로 들어갔다. 그러고는 식인괴물의 행동을 계속 주시하고 있었다.

아이들을 찾아 오랫동안 헤맨 식인괴물은 무척 지치고 힘들어 쉬고 싶은 마음이 간절해졌다. (21마일을 가는 장화를 신으면 피로도 몇 배는 더 쌓였다.) 어쩌다 보니 식인괴물은 어린 소년들이 숨어 있는 바위 위에 앉아 쉬게 되었다. 지쳐 있던 식인괴물은 금세 잠이 들었다. 몇 번을 뒤척이던 식인괴물이 엄청난 소리를 내며 코를 골기 시작하자, 아이들은 그가 큰 칼을 들고 자신들의 목을 베려고 했을 때만큼이나 두려워졌다. 엄지 동자는 형들만큼 겁을 먹지는 않았다. 그는 식인괴물이 깊이 잠들어 있는 틈을 타 걱정하지 말고 빨리 집으로 도망치자고 말했다. 형들은 엄지 동자의 말에 따라 곧장 집으로 달려갔다. 하지만 엄지 동자만은 식인괴물에게 다가가 조심스럽게 장화를 벗기고 자신의 발을 집어넣었다. 장화는 매우 길고 컸다. 하지만 그것은 마법의 신발이었기 때문에 신는 사람의 발에 따라 크게도, 작게도 될 수 있었다. 신발은 마치 맞춘 것처럼 엄지 동자의 발에 딱 맞았다.

엄지 동자는 곧바로 식인괴물의 집으로 갔다. 식인괴물의 아내는 죽은 딸들 때문에 슬퍼하며 울고 있었다.

엄지 동자가 말했다. "아주머니의 남편은 지금 큰 위험에 처해 있어요. 도적떼들이 나타나 금과 은을 모두 내놓지 않으면 죽

여 버리겠다고 칼로 위협하고 있답니다. 그들이 남편의 목을 막 칼로 내리치려 할 때 그가 저를 알아보고는 저에게 집으로 가서 자신의 상황을 아주머니께 알리라고 했어요. 그가 가진 모든 금은보화를 하나도 빠짐없이 저에게 주라고 말이죠. 그렇지 않으면 도적떼들이 가차 없이 남편을 죽일 거예요. 상황이 매우 위급해서 저에게 이 장화를 신고 가라고 했어요. 이 신발을 신으면 좀 더 서둘러 갈 수 있고, 제가 아주머니를 속이는 게 아니라는 것도 보여줄 수 있으니까요."

이 착한 여인은 무척 놀라며 엄지 동자에게 자신이 가진 돈을 모두 건네주었다. 식인괴물이 어린아이들을 잡아먹는 버릇이 있기는 했지만, 그녀에게만은 매우 좋은 남편이기 때문이었다. 이렇게 하여 엄지 동자는 식인괴물의 돈을 모두 가지고 집으로 돌아왔다. 엄지 동자의 아버지는 그가 가져온 돈을 받고 뛸 듯이 기뻐했다. 엄지 동자 가족은 이 돈으로 풍족하게 살 수 있었다.

The Fairy Tales of Charles Perrault
The Master Cat; or, Puss in Boots

장화 신은 고양이

장화 신은 고양이

어느 방앗간 주인이 세 아들에게 자신의 물레방아와 당나귀, 고양이 한 마리만을 유산으로 남기고 죽었다. 아들들은 공증인이나 변호사를 부르지도 않고 곧 재산을 나누어 가졌다. 공증인이나 변호사를 불렀다면 이들에게도 얼마 되지 않는 재산을 소진해 버렸을 것이다. 그리하여 큰아들은 물레방아를, 둘째 아들은 당나귀를, 막내아들은 기껏해야 고양이를 갖게 되었다.

불쌍한 막내아들은 고양이를 갖게 된 것에 대해 불만이 꽤 많았다.
"형들은 비축해 놓은 것들도 있고 충분히 먹고 살 수 있을 거야. 하지만 난 저 고양이를 먹어 치워 버리고 나면 고양이 가죽으로 옷소매 한쪽이나 만들 수 있으려나. 결국, 난 굶어 죽고 말

거야."

고양이는 주인이 하는 말을 모두 들었지만, 못 들은 척하고는 의젓하고 진지하게 말했다.

"주인님, 너무 걱정하지 마세요. 저에게 가방 하나와 장화 한 켤레만 준비해 주십시오. 진흙탕이나 가시덤불도 거뜬히 지날 수 있는 장화 말이에요. 그러면 주인님은 생각처럼 그렇게 보잘 것없는 유산을 받은 게 아니라는 것을 잘 알게 되실 겁니다."

막내아들은 고양이의 말을 그다지 신뢰하지는 않았지만, 고양이가 쥐를 잡기 위해 기막힌 재주를 부리는 것을 많이 보아온 터였다. 고양이는 거꾸로 매달려 있는가 하면 밀가루 속에 숨어 죽은 척하기도 했다. 게다가 고양이는 자신의 불쌍한 처지에 대해 전혀 절망하지 않았다.

자신이 요구한 장화를 얻은 고양이는 아주 우아하게 장화를 신었다. 그리고 턱 하니 목에 가방을 걸고 두 앞발로 가방끈을 꽉 움켜쥔 다음, 토끼들이 가득한 토끼사육장으로 갔다. 고양이는 가방을 겨와 방가지풀로 채운 다음 팔다리를 쭉 펴 죽은 시늉을 했다. 고양이는 아직 세상 물정을 모르는 어리숙하고 어린 토끼들이 겨와 방가지풀을 먹으려고 다가와 가방을 뒤지기를 기다린 것이다.

고양이가 벌렁 드러누운 지 얼마 안 되어 곧 사냥감이 걸려들었다. 경솔하고 멍청한 어린 토끼가 가방으로 뛰어 들어온 것이다. 고양이는 재빨리 가방끈을 단단히 여미고는 인정사정없이 토끼를 죽여 버렸다. 의기양양해진 고양이는 토끼를 들고 그 길로 궁전으로 가 왕에게 뵙기를 청했다. 고양이는 위층에 있는 왕의 응접실로 안내되었다. 고양이는 왕에게 깊이 머리 숙여 절하며 말했다.

"폐하, 토끼사육장에 있는 토끼 한 마리를 가져왔나이다. 이것은 제 고결한 주인님이신 카라바스 후작님이 폐하께 바치는 선물이옵니다." (카라바스 후작이란 고양이가 막내아들에게 멋대로 지어 붙인 이름이었다.)

"네 주인에게 전하거라." 왕이 말했다. "선물은 고맙고 매우 마음에 든다고 말이다."

그 다음번에 고양이는 보리밭에 몸을 숨겼다. 여전히 자신의 가방은 열어둔 채였다. 곧 자고새 두 마리가 가방 안으로 날아들자 고양이는 끈으로 묶어 새 두 마리를 모두 잡았다. 고양이는 앞서 토끼사육장의 토끼를 잡아 바쳤듯이 다시 새 두 마리를 왕에게 선물로 바쳤다. 이번에도 왕은 매우 기뻐하며 새를 받고는 고양이에게 하사금까지 주었다.

고양이는 이런 식으로 두세 달 동안 계속해서 왕에게 선물을 바쳤다. 때로는 주인이 잡은 사냥감을 바치기도 했다. 특히 어느 날에는 왕이 세상에서 가장 아름다운 딸인 공주와 강가로 산책을 나갈 것이라는 확실한 정보를 얻고는 주인에게 말했다.

"지금부터 제가 하는 말을 따르신다면 주인님은 큰 재산을 얻게 되실 것입니다. 그렇다고 크게 할 일은 없습니다. 주인님은 그냥 제가 말씀드리는 강가에 나가셔서 씻기만 하시면 됩니다. 나머지는 제가 알아서 할 테니까요."

카라바스 후작은 이유도 모른 채 고양이가 말한 대로 강가에서 몸을 씻었다. 후작이 씻고 있을 때 왕이 그 근처를 지나게 되었다. 그러자 고양이가 큰 소리로 외치기 시작했다.

"도와주세요, 도와주세요. 제 주인님 카라바스 후작님이 빠져 죽게 생겼어요."

이 소리를 들은 왕은 마차 창문 밖으로 고개를 내밀었다. 왕은 자신에게 그토록 멋진 사냥감을 가져다주던 고양이를 발견했다. 왕은 경비병을 시켜 즉시 고양이의 주인인 카라바스 후작을 도와주도록 하였다.

이들이 불쌍한 후작을 강에서 꺼내는 동안 고양이가 마차로 다가가 왕에게 자초지종을 털어놓았다. 주인이 씻고 있는 동안 도적떼가 와서 주인의 옷을 가져갔다고 말이다. 자신이 아무리 "도둑이야, 도둑이야."를 여러 번 외쳐도 소용이 없었다고 했다.

사실 이 교활한 고양이는 이미 큰 바위 아래 주인님의 옷을 숨겨 놓았다. 왕은 즉시 하인들에게 자신의 옷장에서 가장 멋진 옷 중 한 벌을 가져와 카라바스 후작에게 입히라고 명했다.

왕으로서는 후작에게 큰 호의를 표시한 것이었다. 왕이 하사한 훌륭한 옷을 걸치자 후작의 잘생긴 얼굴이 더욱 빛이 났다. (그는 본래 매우 건강하고 잘생긴 청년이었다.) 왕의 딸은 그런 후작에게 마음을 빼앗기고 말았다. 카라바스 후작이 두세 번 정중하고 부드러운 눈길을 주었을 뿐인데도 공주는 걷잡을 수 없는 사랑에 빠지고 만 것이다. 왕은 후작을 마차에 태우고 함께 산책하기를 원했다. 고양이는 자신의 계획이 성공하려 하자 뛸 듯이 기뻤다. 일행을 앞질러 간 고양이는 목초지의 풀을 베고 있는 농부들을 만나자 이렇게 말했다.

"풀을 베고 있는 여러분, 지금 여러분이 일하고 있는 이 목초지가 제 주인인 카라바스 후작님의 소유라고 왕께 고하여 주시오. 그렇지 않으면 여러분 모두 내게 토막토막 으스러질 줄 아시오."

고양이의 생각대로 왕은 농부들에게 풀을 베고 있는 이 목초지가 누구의 것인지 물었다.

"카라바스 후작님의 것입니다." 농부들이 입을 모아 대답했다. 이들 모두 고양이의 위협에 잔뜩 겁을 먹고 있었기 때문이다.

"정말 훌륭한 땅이구려." 왕이 카라바스 후작에게 말했다.

"폐하, 이 땅은 매년 꼬박꼬박 풍성한 수확을 거두는 곳이랍니다." 후작이 말했다.

고양이는 계속해서 일행을 앞서가 이번에는 추수하는 사람들을 만났다.
"추수하고 있는 여러분, 왕에게 이 보리밭이 전부 카라바스 후작의 소유라고 말해 주시오. 그렇지 않으면 여러분 모두 내게 토막토막 으스러질 줄 아시오."

잠시 후 왕은 그곳을 지나게 되었다. 왕은 눈앞에 펼쳐진 이 보리밭이 누구의 것인지 알고 싶었다.
"카라바스 후작님의 것입니다." 추수하는 사람들이 대답했다. 왕은 더욱더 카라바스 후작이 마음에 들었다.

고양이는 계속해서 일행을 앞서가면서 만나는 모든 사람들에게 똑같은 말을 하도록 시켰다. 왕은 카라바스 후작의 재산이 어마어마하다는 사실에 매우 놀랐다.

마침내 고양이는 으리으리한 성에 당도했다. 이 성의 주인은 식인괴물로 세상에서 제일 부유한 것으로 알려져 있었다. 사실 왕이 지나온 모든 땅들이 이 성의 소유지였다. 고양이는 이 식인괴물이 누구인지, 무엇을 할 수 있는지 이것저것 조심스럽게 알아보았다. 그런 다음 고양이는 식인괴물에게 대화를 청했다.

마침 성 근처를 지나던 중인데 찾아뵙고 인사를 드리는 영광을 누리지 않고는 도저히 그냥 지나칠 수 없다며 너스레를 떨었다.

식인괴물은 최대한 정중하게 고양이를 맞이하고는 자리를 권했다.

고양이가 말했다. "당신이 마음만 먹으면 온갖 종류의 동물로 변할 수 있는 재능을 가지고 있다고 들었습니다. 예를 들어 사자나 코끼리 등으로 변할 수 있다는 것이지요."

"사실이다." 식인괴물이 매우 힘차게 대답했다. "확인하고 싶다면 내가 사자로 변하는 것을 지금 바로 이 자리에서 보여주지."

이렇게 가까이에서 사자를 본 고양이는 너무나도 무서워 작은 구멍 안으로 몸을 숨겼다. 하지만 장화를 신고 타일 위를 걷는 것이 여간 힘들지 않았다. 잠시 후 식인괴물이 다시 본래의 모습으로 돌아온 것을 본 고양이는 정말 무서웠다고 인정했다.

"정말 사실이군요." 고양이가 말했다. "하지만 생쥐처럼 아주 작은 동물로는 변할 수 없으시겠죠? 그건 불가능할 거예요, 그렇죠?"

"불가능하다고? 지금 보여 주지." 식인괴물은 이렇게 외치고

는 바로 생쥐로 변해 바닥을 돌아다니기 시작했다. 이것을 본 고양이는 곧장 이 생쥐에게 달려들어 먹어 치워 버렸다.

그러는 동안, 왕이 지나가다가 식인괴물의 멋진 성을 발견하고 안으로 들어갔다. 왕의 마차가 성문으로 이어지는 다리를 건너오는 소리를 들은 고양이는 달려 나가 왕에게 말했다.
"폐하, 카라바스 후작님의 성에 오신 것을 환영합니다."
"뭐라고?" 왕이 소리쳤다. "이 성이 후작 당신의 것이란 말이오? 이렇게 훌륭한 성은 세상에 없을 것이오. 위풍당당한 별관들 하며. 괜찮다면 어서 들어가 보고 싶군."

후작은 공주에게 손을 내밀어 마차에서 내리는 것을 도와주었다. 두 사람은 앞서 가는 왕의 뒤를 따라갔다. 세 사람은 널찍한 홀에 도착했다. 그곳에는 식인괴물이 자신의 친구들을 위해 준비해 두었던 갖가지 음식들이 차려져 있었다. 마침 그날은 식인괴물의 친구들이 찾아오려고 했던 날이었지만, 왕이 그곳에 있다는 소식을 듣고는 차마 성안으로 들어오지 못하고 있었다. 왕은 카라바스 후작이 가진 재산과 외모, 성격에 완전히 매혹되어 버렸다. 공주 역시 후작을 끔찍이 사랑하게 되었음은 말할 것도 없었다. 거기다 후작이 소유한 이 거대한 성을 본 왕은 술을 대여섯 잔 마셨을 때쯤 후작에게 이렇게 말했다.
"당신만 허락한다면 당신을 내 사위로 삼고 싶소, 카라바스 후작."

후작은 왕에게 여러 번 고개 숙여 인사한 후 왕의 사위가 되는 명예를 얻기로 했다. 바로 그날 후작은 공주와 결혼했다.

고양이는 대영주가 되었고, 더 이상 먹을 것을 얻기 위해 쥐를 쫓을 필요가 없게 되었다. 그냥 가끔 심심풀이로 쥐를 쫓을 뿐이었다.

The Fairy Tales of Charles Perrault
The Ridiculous Wishes

어리석은 소원

어리석은 소원

아주 오래 전에, 가난한 나무꾼이 힘들게 생계를 유지하며 살고 있었다. 그는 매우 힘들게 일했지만, 겨우 입에 풀칠을 할 뿐이었다. 나무꾼은 젊고 결혼생활을 행복하게 하고 있었지만, 생활고로 죽고 싶을 때도 많았다.

어느 날, 나무꾼은 일을 하면서 자신의 신세를 한탄하고 있었다.
"원하는 건 뭐든지 다 이루어지는 사람도 있던데, 나는 이게 뭐람. 신은 나 같은 사람의 기도는 듣지 않는 게 분명해."

나무꾼이 이렇게 중얼거리고 있을 때 천둥소리가 크게 나더니 제우스신이 벼락을 휘두르며 그의 앞에 나타났다. 가엾은 나무꾼은 두려움에 벌벌 떨며 바닥에 납작 엎드렸다.

"신이시여, 저의 어리석은 말은 잊어 주십시오. 제 바람은 신경 쓰지 마시고 벼락을 멈추어 주소서!"

그러자 제우스신이 말했다. "두려워하지 마라. 너의 한탄을 들었느니라. 네가 나에게 얼마나 큰 잘못을 했는지 알려 주려고 내가 친히 이곳에 온 것이니. 잘 들어라! 온 세상을 지배하는 신으로서 너에게 약속하니, 네가 말하는 첫 세 가지 소원은 그것이 무엇이든 모두 들어줄 것이다. 너에게 즐거움과 번영을 가져다줄 수 있는 것들이 무엇인지 한번 잘 생각해 보거라. 너의 행복이 달려 있는 만큼 너무 서두르지 말고 깊이 생각해 보아야 한다."

말을 마친 제우스신은 홀연히 올림퍼스 산으로 돌아갔다. 나무꾼은 휘파람을 불며 나뭇짐을 단단히 묶어 어깨에 둘러메고는 집을 향해 걸었다. 마음은 가벼웠고 걷는 걸음마다 즐거운 생각이 떠올랐다. 나무꾼은 마음속으로 여러 가지 소원들을 생각해 보았지만, 일단 집에 가서 아내와 상의해 보기로 했다.

곧 자신의 오두막집에 도착한 나무꾼은 나뭇짐을 던지듯 내려놓고 집 안으로 들어갔다.

"나 좀 봐요, 패니. 아끼지 말고 불을 맘껏 피우시오. 우리는 이제 부자요. 계속 부자로 살 수 있다고. 원하는 것을 빌기만 하

면 된다오." 나무꾼이 이렇게 말했다.

　나무꾼은 그날 있었던 일을 아내에게 모두 들려주었다. 남편의 말을 들은 아내의 심장이 빠르게 뛰기 시작했다. 아내는 즉시 부자가 될 수 있는 수많은 방법들을 생각해 냈지만, 남편이 신중하게 결정을 내리자고 하는 데에 찬성하였다.

　"조급해서 안달하다가 일을 그르치면 큰일이죠. 하룻밤 자며 곰곰이 생각해 보기로 해요. 내일까지는 어떤 소원도 말하지 말아요."

　"말 한번 잘했소." 남편인 해리가 대답했다. "제일 좋은 술이나 한 병 가지고 오구려. 부자가 된 것을 축하하며 마셔야 하지 않겠소."

　패니는 쌓아 놓은 장작더미 뒤에 있는 창고에서 술을 한 병 가져왔다. 남편은 손에 술잔을 들고 불가에 있는 의자에 기대어 앉아 즐거운 기분을 만끽했다.

　"불씨가 점점 커지는군! 불을 쬐기에 아주 알맞아. 소시지가 있었으면 좋았을걸."

　남편의 말이 끝나기가 무섭게 놀랍게도 기다란 소시지가 난로 구석에서 아내를 향해 구불구불 쏟아져 나왔다. 아내는 놀라 소리를 질렀다. 그리고 이 기이한 광경이 바보같이 경솔하게 남편이 내뱉은 소원 때문이라는 사실을 깨닫고 다시 한 번 소스라치게 놀라 소리를 질렀다. 아내는 분노와 실망감에 남편을 향해 온갖 모욕적인 말들을 생각나는 대로 퍼부어 댔다.

아내가 남편에게 말했다. "뭐라고요! 왕국이나 황금, 진주, 루비, 다이아몬드, 귀부인 같은 옷들, 말로 다 못할 부를 모두 얻을 수 있는데, 고작 소시지를 말한 거예요?"

그러자 남편이 대답했다. "아니오! 이건 생각 없이 한 말이라고. 내가 실수한 거요. 하지만 다음번엔 조심해서 더 잘하리다."

아내가 되받아쳤다. "그걸 어떻게 알아요? 한 번 바보 같은 짓을 한 사람은 늘 바보 같기 마련이죠!" 아내는 계속해서 온갖 짜증과 심술을 부리며 남편을 나무랐다. 마침내 남편도 화가 나 하마터면 두 번째 소원으로 홀아비가 되게 해 달라고 빌 뻔했다.
"그만해요!" 남편이 소리쳤다. "막돼먹은 당신 입단속 좀 하라고! 누구에게 그런 욕설을 하는 거요! 입이 험한 여자 같으니라고. 코에 소시지나 달려 버려라!"
남편이 이렇게 말하자, 바로 소원이 이루어졌다. 긴 소시지 다발이 화가 난 아내의 코에 붙어 버린 것이다.

남편은 자신이 저지른 짓을 멍하니 바라보고만 있었다. 패니는 젊고 뽀얀데다가 타고난 미모를 지니고 있어서 사실 이 소시지 코는 그녀의 아름다움에 전혀 도움이 되지 않았다. 하지만 한 가지 장점도 있었다. 소시지가 입 바로 위에 대롱대롱 매달려 있었기 때문에 그녀는 어쩔 수 없이 입을 다물고 있어야 했던 것이다.

그리하여 소원이 단 한 가지만 남게 되자, 남편은 더 이상 기다리지 않고 이것을 잘 사용하기로 마음먹었다. 남편은 또 다른 불운이 닥치기 전에 자신의 왕국을 갖게 해 달라고 빌 작정이었다. 그가 막 말을 꺼내려 할 때 갑자기 어떤 생각이 떠올랐다.

그는 이렇게 중얼거렸다. "왕만큼 대단한 것도 없지. 하지만 함께 품위를 지켜야 하는 왕비는 어떻게 되는 거지? 코에 3피트나 되는 소시지를 매단 여인이 왕비라며 왕인 내 옆에 앉아 있다면 참으로 우아하겠군!"

이러한 딜레마에 빠진 남편은 이 문제를 패니에게 맡기기로 했다. 그녀는 자신의 미모를 깎아 먹는 끔찍한 물건을 단 채 여왕이 될 것인지, 아니면 이 불쾌한 것을 떼어 내고 코가 오뚝한 농부의 아내로 남을 것인지를 결정해야 했다.

패니는 곧 마음의 결정을 내렸다. 궁전과 왕관을 꿈꿔 오긴

했지만, 자고로 여성의 첫 번째 소원이란 언제나 아름다움이다. 이 커다란 소망을 위해서는 다른 모든 것을 양보할 수 있어야 한다. 패니는 얼굴이 못생긴 여왕이 되느니 차라리 누더기를 걸친 미인이 되고 싶었다.

그리하여 나무꾼은 자신의 처지를 조금도 변화시킬 수 없었을 뿐만 아니라 왕이 되지도 못했고, 금화로 지갑을 두둑이 채우지도 못했다. 그는 마지막 소원을 좀 더 소박하게 사용하는 것만으로도 감사히 생각하면서 당장 아내의 코에 붙은 소시지를 떼어 달라는 소원을 빌었다.

The Fairy Tales of Charles Perrault
Little Red Riding Hood

빨간 망토

빨간 망토

옛날 어느 마을에 어린 시골 소녀가 살고 있었다. 그녀는 보기 드물게 정말 귀여운 소녀였다. 소녀의 어머니는 소녀를 지나칠 정도로 아꼈고, 할머니 역시 손녀를 애지중지하였다. 어느 날, 할머니는 손녀에게 작고 빨간 망토를 만들어 주었다. 망토를 입은 소녀는 동네에서 매우 유명해져서 사람들은 그 소녀를 빨간 망토를 입은 소녀라고 불렀다.

어느 날, 소녀의 어머니가 커스터드를 만들고 나서 소녀에게 말했다.
"할머니가 무척 아프시다는 얘기를 들었단다. 가서 할머니가 어떠신지 좀 보고 오렴. 이 커스터드와 버터도 함께 가져다드리면 좋겠구나."

빨간 망토를 입은 소녀는 다른 마을에 살고 계시는 할머니를 뵙기 위해 바로 출발했다. 숲을 지날 때, 소녀는 늑대 한 마리와 마주쳤다. 늑대는 소녀를 잡아먹고 싶었지만, 근처에 나무를 베고 있는 사람들이 있어서 감히 시도를 할 수 없었다.

늑대는 소녀에게 어디를 가고 있는지 물었다. 자신이 위험에 처한 줄도 모르는 불쌍한 소녀는 늑대의 말에 친절하게 대답했다.

"엄마가 만드신 커스터드와 작은 버터 병을 우리 할머니한테 가져다드릴 거야."

"할머니가 멀리 사시니?" 늑대가 물었다.

"아! 저기 보이는 방앗간 너머에 있는 마을, 첫 번째 집이야." 빨간 망토를 입은 소녀가 대답했다.

그러자 늑대가 말했다. "그럼 나도 가서 할머니를 뵈어야겠다. 나는 이리로 갈 테니까 너는 저리로 가거라. 누가 더 빨리 도착하는지 한번 보자."

말을 마친 늑대는 가장 빠른 길을 선택해 최대한 빨리 달리기 시작했다. 한편, 어린 소녀는 호두를 줍고 나비를 쫓아가고 꽃다발을 만드는 데에 정신이 팔려 가장 먼 길로 가게 되었다. 얼마 지나지 않아 늑대는 할머니 집에 도착하게 되었다. 늑대는 똑똑 문을 두드렸다.

"누구요?"

"할머니의 손녀딸 빨간 망토예요." 늑대가 목소리를 꾸며 답했다. "할머니 드리라고 엄마가 주신 커스터드와 작은 버터 병을 가지고 왔어요."

병이 나 침대에 누워 있던 할머니가 외쳤다.
"실패를 당기렴. 그러면 자물쇠가 올라올 거란다."
늑대는 실패를 당겨 문을 열었다. 그런 다음 곧장 할머니에게 달려들어 순식간에 할머니를 잡아먹어 버렸다. 음식을 입에도 대지 못한 지 삼 일이 넘은 터였다. 식사를 끝낸 늑대는 문을 닫고 할머니의 침대에 누워 빨간 망토가 오기만을 기다렸다. 시간이 지나자, 소녀가 도착해 문을 똑똑 두드렸다.

"누구요?"
늑대의 커다란 목소리를 들은 작은 빨간 망토는 덜컥 겁이 났다. 하지만 이내 할머니가 감기에 걸리셔서 목소리가 거칠어진 것이라 생각하고는 대답했다.
"할머니의 손녀딸 빨간 망토예요. 엄마가 할머니 드리라고 주신 커스터드와 작은 버터 병을 가지고 왔어요."

늑대는 목소리를 최대한 부드럽게 내며 외쳤다.
"실패를 당기렴. 그러면 자물쇠가 올라올 거야."

작은 빨간 망토가 실패를 당겨 문을 열었다. 소녀가 들어오는 것을 본 늑대는 이불 속으로 몸을 숨기며 말했다.
"커스터드와 작은 버터 병은 의자 위에 올려놓으렴. 그리고 이리 와서 내 옆에 누워라."

소녀는 망토를 벗고 침대로 다가갔다. 잠옷을 입은 할머니의 모습을 본 소녀는 깜짝 놀라 말했다.
"할머니, 팔이 왜 이렇게 크세요?"
"너를 안아 주려고 그러지."
"할머니, 다리도 정말 크세요!"
"그래야 더 빨리 달릴 수 있단다."
"할머니, 귀가 엄청 커요!"
"그래야 더 잘 들린단다."
"할머니, 눈도 엄청 커요!"
"그래야 더 잘 보인단다."
"할머니, 이도 엄청 크세요!"
"널 잡아먹기 위해서지."
사악한 늑대는 이렇게 말하면서 작은 빨간 망토에게 달려들어 잡아먹어 버리고 말았다.

The Fairy Tales of Charles Perrault
The Fairy

요정

요정

옛날에 두 딸을 둔 과부가 있었다. 첫째 딸은 얼굴이며 재치가 엄마를 무척 쏙 빼닮아서 누가 보아도 영락없는 모녀지간이었다. 두 사람 모두 인정이 없고 거만하여 아무도 이들과 친해질 수 없었다. 한편, 예의 바르고 다정한 아빠를 똑 닮은 둘째 딸은 외모마저 눈부시게 아름다웠다. 사람은 자고로 자신과 닮은 사람을 좋아하는 법! 과부는 첫째 딸의 말이라면 무조건 들어주고 아껴 주었지만, 둘째 딸은 끔찍이도 싫어했다. 둘째 딸은 부엌에서 홀로 밥을 먹어야 했고 끊임없이 일해야 했다.

무엇보다도 이 불쌍한 둘째 딸은 하루에 두 번 집에서 1.5마일이나 떨어진 곳에서 물동이 가득 물을 길어 집으로 와야 했다. 어느 날, 둘째 딸이 샘에 도착했을 때 한 불쌍한 여인이 다가오더니 물 한 모금을 마시게 해 달라고 부탁했다.

"오, 그러세요." 이 예쁘고 착한 어린 소녀는 이렇게 답하고 바로 물동이를 물에 헹구고는 샘에서 가장 깨끗한 곳의 물을 퍼 여자에게 주었다. 소녀는 여자가 물을 쉽게 마실 수 있도록 물동이를 계속 받치고 들고 있어 주었다.

물을 다 마신 여인이 소녀에게 말했다.

"너는 예쁘기만 한 게 아니라 착하고 예의도 바르구나. 내게 물을 준 보답으로 내가 선물을 주지 않을 수가 없구나." 사실 이 여자는 요정이었다. 요정은 불쌍한 시골 아낙네의 모습을 하고 이 예쁜 소녀가 자신을 어떻게 대접하는지를 시험해 보려고 한 것이었다. 요정이 계속해서 말했다. "이제부터 네가 말을 할 때마다 네 입에서 꽃이나 보석이 나올 것이다."

소녀가 집으로 돌아오자 어머니는 샘에 늦게까지 꾸물거리고 있었다며 소녀를 나무랐다.

"좀 더 서둘러 오지 못해서 죄송해요, 어머니." 불쌍한 소녀가 말했다. 그런데 놀랍게도 소녀가 말을 하자 그녀의 입에서 장미 두 송이, 진주 두 알, 다이아몬드 두 알이 튀어나왔다.

"이게 대체 뭐니?" 놀란 과부가 말했다. "네 입에서 진주와 다이아몬드가 나온 것 같은데! 대체 어떻게 된 일이니, 아가?" (과부는 처음으로 둘째 딸을 아가라고 불렀다.)

소녀는 샘에서 있었던 일을 솔직하게 모두 이야기했다. 그러는 동안에도 다이아몬드는 끊임없이 소녀의 입에서 나오고 있었다.

"세상에나! 첫째 딸도 그곳으로 보내야겠군. 패니, 당장 그 샘으로 가거라. 네 동생이 말할 때 입에서 뭐가 나오는지 좀 보렴. 너도 똑같은 선물을 받으면 좋지 않겠니? 샘에 가서 불쌍한 여인이 부탁하면 물을 그냥 떠 주기만 하면 된단다. 아주 예의바르게 행동해야 한다. 알았지?"

"내가 물을 뜨는 모습은 정말 아름다울 거야." 버릇없는 말괄량이 첫째 딸이 말했다.
"지금 당장 가렴!" 어머니가 재촉했다.
이리하여 첫째 딸은 집에서 가장 좋은 은주전자를 들고 샘을 향해 걸었다. 하지만 가는 내내 투덜거리기만 했다.

첫째 딸이 샘에 도착하자마자 근사하게 차려입은 한 귀부인이 숲에서 나와 소녀에게 마실 것을 청했다. 이 귀부인은 두말할 것도 없이 여동생 앞에 나타났던 바로 그 요정이었다. 하지만 이번에 요정은 공주처럼 차려입고 우아한 분위기로 나타나 이 소녀의 못된 심성을 시험해 보려고 했다.

"내가 당신에게 물이나 떠 주려고 여기까지 온 줄 알아요?"

거만하고 못된 소녀가 말했다. "당신에게 물이나 떠 주려고 이 은주전자를 가지고 이 먼 길을 온 줄 아냐고요? 먹고 싶으면 직접 떠 마셔요."

"넌 참 예의가 없구나." 요정이 차분하게 말했다. "네가 이렇게 버릇없고 불친절하니 너에게 선물을 하나 주마. 네가 말을 할 때마다 네 입에서 뱀이나 두꺼비가 튀어나올 것이다."

이윽고 첫째 딸이 돌아오자 어머니가 외쳤다.
"어땠니, 딸아?"
"어머니." 건방진 첫째 딸이 대답했다. 그런데 딸이 말을 하자 정말 그녀의 입에서 뱀 두 마리와 두꺼비 두 마리가 튀어나왔다.

"에구머니나!" 어머니가 외쳤다. "이게 다 뭐니? 이게 다 네 동생 때문이구나. 내가 가만두지 않을 테다." 어머니는 곧장 둘째 딸을 잡으러 갔다. 불쌍한 둘째 딸은 어머니를 피해 멀지 않은 숲에 몸을 숨겼다.

마침 사냥을 하고 돌아오던 왕자가 아름다운 둘째 딸을 발견했다. 왕자는 그녀에게 이런 곳에서 홀로 울고 있는 이유를 물었다.

"아이! 제 어머니가 저를 집 밖으로 내쫓았어요."

왕자는 소녀의 입에서 대여섯 개의 진주와 수많은 다이아몬드가 쏟아져 나오는 것을 보았다. 왕자는 그녀에게 그동안 무슨 일이 있었는지를 물었다. 소녀는 왕자에게 그동안 있었던 일을 설명했다. 이야기를 들은 왕자는 그녀와 사랑에 빠졌다. 그는 소녀가 가진 재주가 그 어떤 결혼지참금보다도 더 큰 선물이라고 생각했다. 왕자는 왕이 있는 성으로 소녀를 데리고 가 그곳에서 그녀와 결혼식을 올렸다.

한편, 그녀의 언니는 많은 사람의 눈총을 받았고, 어머니까지도 그녀를 외면하게 되었다. 이 비참하고 불쌍한 첫째 딸은 도움을 청하러 이리저리 헤매고 다녔지만 아무도 그녀를 받아들여 주지 않았다. 결국, 그녀는 숲 속 어딘가에서 죽고 말았다.

The Fairy Tales of Charles Perrault
Bluebeard

푸른 수염

푸른 수염

옛날에 도시와 시골에 근사한 집을 여러 채 가지고 있는 한 남자가 있었다. 그의 집은 금과 은으로 된 수많은 식기들과 고급 가구로 들어차 있었고, 마당에는 온통 금빛으로 장식된 대형 마차가 세워져 있었다. 하지만 이 남자는 안타깝게도 수염이 푸른색이었기 때문에 매우 무섭고 못생겨 보였다. 그래서 여자들과 소녀들은 그를 보기만 해도 도망가 버렸다.

그의 이웃 중에는 명문가의 한 귀부인이 있었는데 그녀에게는 너무도 아름다운 딸이 둘 있었다. 푸른 수염이 난 남자는 이 두 딸 중 한 명과 결혼하고 싶어 했다. 둘 중 누구를 그에게 줄 것인지는 귀부인의 선택에 맡기기로 했다. 하지만 두 딸 중 누구도 이 남자와 결혼하고 싶어 하지 않았다. 두 딸은 푸른 수염이 난 남자와 결혼할 생각은 추호도 없었기 때문에 이 핑계, 저 핑계를 대며 서로에게 짐을 떠넘기고 있었다. 게다가 이들이 이 결혼을 끔찍이 싫어한 또 한 가지 이유는 그가 이미 여러 번 결혼했었다는 사실 때문이었다. 하지만 아무도 전 부인들이 어떻게 되었는지는 알지 못했다.

남자는 두 딸들의 호감을 사기 위해 두 딸과 그들의 어머니, 딸들과 친한 사람들 서너 명, 그리고 젊은 이웃사람들 몇 명을 자신의 시골 대저택으로 초대해 일주일 내내 함께 지냈다. 파티와 사냥, 낚시, 무도회, 연회가 이어졌고 웃음소리가 끊이지 않았다. 초대된 사람들 중 누구도 잠자리에 들지 않고 밤새 농담을 주고받으며 밤을 지새웠다. 결국, 모든 것이 성공적으로 잘 돌아갔기 때문에 둘째 딸이 드디어 이 저택의 주인이 사실 수염도 그렇게 푸르지 않은데다가 아주 능력 있는 신사라고 생각하기 시작했다. 사람들이 집으로 돌아가자, 둘째 딸과 푸른 수염의 결혼이 성사되었다.

결혼 후 한 달이 지났을 때쯤, 푸른 수염은 아내에게 중요한 일이 있어서 지방에 다녀와야 한다고 말했다. 여행은 최소 6주는 걸릴 예정이었다. 푸른 수염은 자신이 없는 동안 아내가 지루하지 않도록 원한다면 그녀의 친구들과 지인들을 집으로 초대해 시골 구경도 함께하고 그들과 맛있는 음식도 마음껏 먹으라고 말했다.

"자," 남자가 말했다. "여기 큰 방 두 개의 열쇠가 있소. 방 안에는 최고로 좋은 가구가 있을 거요. 평상시에는 사용하지 않는 금은 식기들도 있소. 그리고 이건 금화와 은화가 들어 있는 금고 열쇠이고, 이건 보물이 들어 있는 장식함 열쇠요. 그리고 이건 집 전체를 열 수 있는 마스터키요. 여기 이 작은 열쇠는 1층 큰 화랑 끝에 있는 벽장 열쇠요. 다른 방은 전부 들어가도 괜찮지만, 그 벽장만은 절대 열어서는 안 되오. 만약 내 말을 어기고 벽장문을 열었다가는 나에게 엄청난 분노와 노여움을 사게 될 것이오."

아내는 푸른 수염이 한 말을 꼭 지키겠다고 약속했다. 푸른 수염은 아내를 한번 껴안고 나서 마차에 올라 여행길에 나섰다.

이 새색시는 친구들과 이웃들을 부르러 갈 필요가 없었다. 푸른 수염이 있는 동안에는 무서운 푸른 수염 때문에 감히 오지도 못했던 사람들이 그 집의 호화로운 가구를 보고 싶어 안달이 났기 때문이었다. 이들은 모든 방과 벽장, 의상실을 구경하며 돌아다녔다. 방은 모두 멋지고 근사해서 어떤 것이 더 나은지 분간하기가 힘들 정도였다.

마침내 일행은 가장 근사하고 화려한 가구로 가득 차 있는 큰 방으로 들어섰다. 벽걸이 장식이며 침대, 소파, 캐비닛, 스탠드, 탁자, 머리끝부터 발끝까지 볼 수 있는 전신 거울까지 그 수와

아름다움에 모두 넋을 잃고 말았다. 유리로 된 것, 은으로 된 것, 금으로 된 것 등 모두가 이제껏 자신들이 본 것 중 가장 훌륭하고 화려했다.

모두들 여주인이 행복하겠다며 극찬하고 부러워했지만, 정작 푸른 수염의 아내는 이런 호화로운 것들을 시큰둥하게 바라볼 뿐이었다. 그녀는 1층에 있는 벽장을 열어 보고 싶은 마음을 참을 수 없었다. 아내는 강한 호기심에 이끌려 무례를 무릅쓰고 초대한 사람들을 남겨둔 채 계단을 내려갔다. 너무 서두른 나머지 두세 번이나 넘어져 목이 부러질 뻔했다.

벽장 문 앞에 도착한 아내는 잠시 멈추어 서서 남편의 명령을 되짚어 보았다. 남편의 말을 따르지 않으면 어떤 불행이 닥칠지 곰곰이 생각해 본 것이다. 하지만 방을 열어 보고 싶은 강한 유혹을 이겨낼 수 없었다. 그녀는 작은 열쇠를 가지고 떨리는 손으로 벽장문을 열었다. 창문이 닫혀 있어서 처음에는 아무것도 또렷이 보이지 않았지만, 이내 바닥이 엉겨 붙은 피로 온통 뒤덮여 있는 것이 눈에 들어오기 시작했다. 그 위에는 죽은 여자의 시체 몇 구가 벽에 기대어 나란히 늘어져 있었다. 이 시체들은 모두 푸른 수염이 결혼 후 차례로 살해한 아내들이었다. 두려움에 죽을 것 같던 아내는 자물쇠에서 열쇠를 빼내다가 그만 떨어뜨리고 말았다.

어느 정도 놀란 가슴을 진정시킨 아내는 문을 잠그고 위층에 있는 자신의 방으로 가서 마음을 가다듬었다. 하지만 두려운 마음은 좀처럼 가시지 않았다. 아내는 벽장 열쇠가 피로 얼룩진 것을 보고는 두세 번이나 핏자국을 지워 보려고 했지만 헛수고였다. 물로도 씻어 보고, 비누, 심지어 모래로도 문질러 보았지만 소용이 없었다. 핏자국은 여전히 남아 있었다. 그 열쇠는 바로 마법의 열쇠였기 때문에 어떻게 해도 절대 깨끗이 지워지지 않았다. 한 면에서 핏자국이 사라지면 다른 쪽에서 핏자국이 다시 나타났다.

그날 저녁, 푸른 수염이 여행에서 돌아왔다. 여행 도중 자신이 처리하려던 일이 유리하게 마무리되었다는 연락을 받고 예정보다 일찍 돌아온 것이라고 했다. 그의 아내는 그가 이토록 일찍 돌아온 것이 너무나도 기쁘다는 것을 남편에게 보여줄 수 있도록 갖은 애교를 다 부렸다. 다음 날 아침, 푸른 수염이 열쇠에 대해 물어보았다. 아내는 아무 일도 없었다는 듯이 열쇠를 건네주었지만, 그녀의 떨리는 손을 보고 남편은 무슨 일이 있었는지 금세 알아차렸다.

"벽장 열쇠는 왜 없는 거요?" 푸른 수염이 물었다.
"분명 탁자 위에 올려놓았을 거예요." 아내가 대답했다.
"그럼 당장 가서 가져오시오." 푸른 수염이 말했다.

몇 번이나 핑계를 대며 망설이던 아내는 결국 남편에게 열쇠를 가져다줄 수밖에 없었다. 열쇠를 아주 유심히 살펴보던 푸른 수염이 아내에게 말했다.
　"열쇠에 왜 피가 묻어 있는 거요?"
　"모르겠어요." 가엾은 아내는 시체보다도 더 창백해진 얼굴로 외쳤다.

　"모른다고!" 푸른 수염이 대답했다. "내가 잘 알지. 당신은 벽장에 들어가 보기로 결심했던 거요. 안 그런가? 자, 부인, 이제 당신이 들어가야겠군. 당신이 본 죽은 여자들 틈에 자리를 잡고 말이야."

　이 말을 들은 아내는 남편의 발아래에 엎드려 진심으로 뉘우치고 있으니 한 번만 봐 달라고 간곡히 부탁했다. 앞으로는 절대 푸른 수염의 말을 거역하지 않겠다고 맹세했다. 그녀는 매우 아름답고 너무나도 슬픔에 젖어 있어서 단단한 바위도 녹일 수 있을 정도였지만 푸른 수염의 마음은 바위보다 더 단단했다!

　"당신은 죽어야 하오, 부인." 푸른 수염이 말했다. "그것도 지금 당장."
　"저를 죽여야겠다면 제가 기도할 시간이라도 좀 주세요." 아내가 눈물범벅이 된 눈으로 남편을 올려다보며 말했다.
　"7~8분의 시간을 주지. 그 이상은 절대 안 되오."

아내는 홀로 남겨지자 언니를 불러 말했다. "앤 언니, 제발 부탁이니 탑 꼭대기로 가서 오빠들이 오는지 좀 봐 주세요. 오늘 오기로 약속했는데. 만약 오빠들이 보이면 서두르라고 손짓해 주세요."

앤은 탑 꼭대기로 올라갔고 불쌍하고 괴로운 아내는 계속 물어보았다. "언니, 앤 언니, 누가 오는 게 보여요?"

앤이 대답했다.
"햇빛 때문에 먼지만 뽀얗게 일고 초록색 풀밖에 안 보여."

그러는 동안 푸른 수염은 손에 커다랗고 무시무시한 칼을 들고 아내를 향해 큰 소리로 고함을 질렀다.
"당장 내려오시오. 그렇지 않으면 내가 쫓아 올라갈 테니."
"제발 조금만 더요." 아내가 대답했다. 그러고는 아주 나지막한 소리로 외쳤다.
"앤 언니, 누가 오는 것이 보여요?"
그러자 앤 언니가 대답했다.
"햇빛 때문에 먼지만 뽀얗게 일고 초록색 풀 빼고는 아무것도 보이질 않아."
"빨리 내려오시오. 안 그러면 내가 쫓아 올라가겠소." 푸른 수염이 외쳤다.
"가요." 아내가 대답했다. 그러고는 이렇게 외쳤다.

"앤 언니, 누가 오는 게 보여요?"

"그래, 보여." 앤이 대답했다. "큰 먼지바람이 이쪽으로 일고 있어."

"오빠들이에요?"

"이런! 아니야, 동생아. 양떼들이 오는구나."

"안 내려올 거요?" 푸른 수염이 다시 소리를 질렀다.

"조금만 더요." 아내가 말하고는 언니에게 외쳤다.

"앤 언니, 아무도 안 오나요?"

"아, 보인다. 두 사람이 말을 타고 오고 있어. 하지만 아직 멀리 있는데……."

"아, 고마우셔라." 아내가 말했다. "오빠들이에요. 빨리 서둘러 오도록 손짓을 해야겠어요."

그때 푸른 수염이 온 집안이 떠나가라 고래고래 소리를 질렀다. 가련한 아내는 아래층으로 내려와 남편의 발아래에 쓰러졌다. 눈은 눈물범벅이었고 머리는 어깨까지 풀어 헤치고 있었다.

"그래 봐야 아무 소용도 없을 거요. 당신은 죽음을 피할 수 없소." 푸른 수염은 이렇게 말하고 한 손으로 아내의 머리채를 잡고 다른 한 손으로는 칼을 높이 치켜들어 아내의 목을 막 베려 했다.

가엾은 아내는 남편에게 몸을 돌려 죽어 가는 눈길로 애처롭게 그를 바라보며 마음을 가라앉힐 수 있도록 시간을 조금만 달

라고 애원했다.

"아니, 아니, 어림없지. 신에게 기도나 하시지." 말을 마친 푸른 수염은 막 칼을 내리치려던 참이었다.

바로 그 순간 대문을 두드리는 소리가 크게 들리자 푸른 수염이 멈칫했다. 곧 대문이 열리고 말을 탄 두 남자가 들어와 칼을 뽑아 들고는 곧장 푸른 수염에게 달려들었다. 푸른 수염은 그 남자들이 아내의 오빠들로, 한 사람은 기병대 병사이고, 한 사람은 보병인 것을 알았으므로 목숨을 부지하기 위해 줄행랑을 쳤다. 그러나 두 병사는 바로 뒤쫓아 가 푸른 수염이 현관 계단에 이르기도 전에 그를 붙잡았다. 두 사람은 푸른 수염의 몸에 칼을 꽂아 죽여 버렸다. 한편 가엾은 아내는 남편만큼이나 초주검이 되어, 일어서서 오빠들을 환영할 기운조차 없었다.

푸른 수염에게는 상속인이 한 명도 없었으므로 아내가 모든 재산을 차지하게 되었다. 그녀는 재산을 쪼개어 언니와 오빠들에게도 나누어 주었다. 언니 앤은 오랫동안 사랑해 온 젊은 신사와 결혼하는 데 썼고, 오빠들은 장교 지위를 얻는 데 썼다. 그녀는 매우 부유한 신사와 재혼하는 데에 그 재산의 나머지를 썼다. 재혼한 남편은 그녀가 푸른 수염과 보냈던 끔찍한 시간을 잊고 행복하게 잘 살 수 있도록 해 주었다.

The Fairy Tales of Charles Perrault

가장 대중적으로 사랑받는
영문판
(The Original Text)

The Fairy Tales of Charles Perrault

Donkey-skin

Once upon a time there was a King, so great, so beloved by his people, and so respected by all his neighbors and allies that one might almost say he was the happiest monarch alive. His good fortune was made even greater by the choice he had made for wife of a Princess as beautiful as she was virtuous, with whom he lived in perfect happiness. Now, of this chaste marriage was born a daughter endowed with so many gifts that they had no regret because other children were not given to them.

Magnificence, good taste, and abundance reigned in the palace; there were wise and clever ministers, virtuous and devoted courtiers, faithful and diligent servants. The spacious stables were filled with the most beautiful horses in the world, and coverts of rich caparison; but what most astonished strangers who came to admire them was to see, in the finest stall, a master donkey, with great long ears.

Now, it was not for a whim but for a good reason that the King had given this donkey a particular and distinguished place. The special qualities of this rare animal deserved the distinction, since nature had made it in so extraordinary a way that its litter, instead of being like that of other donkeys, was covered every morning with an abundance of beautiful golden crowns, and golden louis of every kind, which were collected daily.

Since the vicissitudes of life wait on Kings as much as on their subjects, and good is always mingled with ill, it so befell that the Queen was suddenly attacked by a fatal illness, and, in spite of science, and the skill of the doctors, no remedy could be found. There was great mourning throughout the land. The King who, notwithstanding the famous proverb, that marriage is the tomb of love, was deeply attached to his wife, was distressed beyond measure and made fervent vows to all the temples in his kingdom, and offered to give his life for that of his beloved consort; but he invoked the gods and the Fairies in vain. The Queen, feeling her last hour approach, said to her husband, who was dissolved in tears: "It is well that I should speak to you of a certain matter before I die: if, perhaps, you should desire to marry again ..." At these words the King broke into piteous cries, took his wife's hands in his own, and assured her that it was useless to speak to him of a second marriage.

"No, my dear spouse," he said at last, "speak to me rather of how I may follow you."

"The State," continued the Queen with a finality which but increased the laments of the King, "the State demands successors, and since I have only given you a daughter, it will urge you to beget sons who resemble you; but I ask you earnestly not to give way to the persuasions of your people until you have found a Princess more beautiful and more perfectly fashioned than I. I beg you to swear this to me, and then I shall die content."

Perhaps, the Queen, who did not lack self-esteem, exacted this oath firmly believing that there was not her equal in the world, and so felt assured that the King would never marry again. Be this as it may, at length she died, and never did husband make so much lamentation; the King wept and sobbed day and night, and the punctilious fulfillment of the rites of widower-hood, even the smallest, was his sole occupation.

But even great griefs do not last forever. After a time the magnates of the State assembled and came to the King, urging him to take another wife. At first this request seemed hard to him and made him shed fresh tears. He pleaded the vows he had made to the Queen, and defied his counsellors to find a Princess more beautiful and better fashioned than was she, thinking this to be impossible. But the Council treated the promise as a trifle, and said that it mattered little about beauty if the Queen were but virtuous and fruitful. For the State needed Princes for its peace and prosperity, and though, in truth, the Princess, his daughter, had all the qualities requisite for making a great Queen, yet of necessity she must choose an alien for her husband, and then the stranger would take her away with him. If, on the other hand, he remained in her country and shared the throne with her, their children would not be considered to be of pure native stock, and so, there being no Prince of his name, neighboring peoples would stir up wars, and the kingdom would be ruined.

The King, impressed by these considerations, promised that he would think over the matter. And so search was made among all the marriageable Princesses for one that would suit him. Every day charming portraits were brought him, but none gave promise of the beauty of his late Queen; instead of coming to a decision he brooded over his sorrow until in the end his reason left him. In his delusions he imagined himself once more a young man; he thought the Princess his daughter, in her youth and beauty, was his Queen as he had known her in the days of their courtship, and living thus in the past he urged the unhappy girl to speedily become his bride.

The young Princess, who was virtuous and chaste, threw herself at the feet of the King her father and conjured him, with all the eloquence she could command, not to constrain her to consent to his unnatural desire.

The King, in his madness, could not understand the reason of her desperate reluctance, and asked an old Druid-priest to set the conscience of the Princess at rest. Now this Druid, less religious than ambitious, sacrificed the cause of innocence and virtue to the favor of so great a monarch, and instead of trying to restore the King to his right mind, he encouraged him in his delusion.

The young Princess, beside herself with misery, at last bethought her of the Lilac-fairy, her godmother; determined to consult her, she set out that same night in a pretty little carriage drawn by a great sheep who knew all the roads. When she arrived the Fairy, who loved the Princess, told her that she knew all she had come to say, but that she need have no fear, for nothing would harm her if only she faithfully fulfilled the Fairy's injunctions. "For, my dear child," she said to her, "it would be a great sin to submit to your father's wishes, but you can avoid the necessity without displeasing him. Tell him that to satisfy a whim you have, he must give you a dress the color of the weather. Never, in spite of all his love and his power will he be able to give you that."

The Princess thanked her godmother from her heart, and the next morning spoke to the King as the Fairy had counseled her, and protested that no one would win her hand unless he gave her a dress the color of the weather. The King, overjoyed and hopeful, called together the most skillful workmen, and demanded this robe of them; otherwise they should be hanged. But he was saved from resorting to this extreme measure, since, on the second day, they brought the much desired robe. The heavens are not a more beautiful blue, when they are girdled with clouds of gold, than was that lovely dress when it was unfolded. The Princess was very sad because of it, and did not know what to do.

Once more she went to her Fairy-godmother who, astonished that her plan had been foiled, now told her to ask for another gown the color of the moon.

The King again sought out the most clever workmen and expressly commanded them to make a dress the color of the moon; and woe betide them if between the giving of the order and the bringing of the dress more than twenty-four hours should elapse.

The Princess, though pleased with the dress when it was delivered, gave way to distress when she was with her women and her nurse. The Lilac-fairy, who knew all, hastened to comfort her and said: "Either I am greatly deceived or it is certain that if you ask for a dress the color of the sun we shall at last baffle the King your father, for it would never be possible to make such a gown; in any case we should gain time."

So the Princess asked for yet another gown as the Fairy bade her. The infatuated King could refuse his daughter nothing, and he gave without regret all the diamonds and rubies in his crown to aid this superb work; nothing was to be spared that could make the dress as beautiful as the sun. And, indeed, when the dress appeared, all those who unfolded it were obliged to close their eyes, so much were they dazzled. And, truth to tell, green spectacles and smoked glasses date from that time.

What was the Princess to do? Never had so beautiful and so artistic a robe been seen. She was dumb-founded, and pretending that its brilliance had hurt her eyes she retired to her chamber, where she found the Fairy awaiting her.

On seeing the dress like the sun, the Lilac-fairy became red with rage. "Oh, this time, my child," she said to the Princess, "we will put the King to terrible proof. In spite of his madness, I think he will be a little astonished by the request that I counsel you to make of him; it is that he should give you the skin of that ass he loves so dearly, and which supplies him so profusely with the means of paying all his expenses. Go, and do not fail to tell him that you want this skin. The Princess, overjoyed at finding yet another avenue of escape; for she thought that her father could never bring himself to sacrifice the ass, went to find him, and unfolded to him her latest desire.

Although the King was astonished by this whim, he did not hesitate to satisfy it; the poor ass was sacrificed and the skin brought, with due ceremony, to the Princess, who, seeing no other way of avoiding her ill-fortune, was desperate.

At that moment her godmother arrived. "What are you doing, my child?" she asked, seeing the Princess tearing her hair, her beautiful cheeks stained with tears. "This is the most happy moment of your life. Wrap yourself in this skin, leave the palace, and walk so long as you can find ground to carry you: when one sacrifices everything to virtue the gods know how to mete out reward. Go, and I will take care that your possessions follow you; in whatever place you rest, your chest with your clothes and your jewels will follow your steps, and here is my wand which I will give you: tap the ground with it when you have need of the chest, and it will appear before your eyes: but haste to set forth, and do not delay." The Princess embraced her godmother many times, and begged her not to forsake her. Then after she had smeared herself with soot from the chimney, she wrapped herself up in that ugly skin and went out from the magnificent palace without being recognized by a single person.

The absence of the Princess caused a great commotion. The King, who had caused a sumptuous banquet to be prepared, was inconsolable. He sent out more than a hundred gendarmes, and more than a thousand musketeers in quest of her; but the Lilac-fairy made her invisible to the cleverest seekers, and thus she escaped their vigilance.

Meanwhile the Princess walked far, far and even farther away; after a time she sought for a resting place, but although out of charity people gave her food, she was so disheveled and dirty that no one wanted to keep her. At length she came to a beautiful town, at the gate of which was a small farm. Now the farmer's wife had need of a wench to wash the dishes and to attend to the geese and the pigs, and seeing so dirty a vagrant offered to engage her. The Princess, who was now much fatigued, accepted joyfully. She was put into a recess in the kitchen where for the first days she was subjected to the coarse jokes of the men-servants, so dirty and unpleasant did the donkey-skin make her appear. At last they tired of their pleasantries; moreover she was so attentive to her work that the farmer's wife took her under her protection. She minded the sheep, and penned them up when it was necessary, and she took the geese out to feed with such intelligence that it seemed as if she had never done anything else. Everything that her beautiful hands undertook was done well.

One day she was sitting near a clear fountain where she often repaired to bemoan her sad condition, when she thought she would look at herself in the water. The horrible donkey-skin which covered her from head to toe revolted her. Ashamed, she washed her face and her hands, which became whiter than ivory, and once again her lovely complexion took its natural freshness. The joy of finding herself so beautiful filled her with the desire to bathe in the pool, and this she did. But she had to don her unworthy skin again before she returned to the farm.

By good fortune the next day chanced to be a holiday, and so she had leisure to tap for her chest with the fairy's wand, arrange her toilet, powder her beautiful hair and put on the lovely gown which was the color of the weather; but the room was so small that the train could not be properly spread out. The beautiful Princess looked at herself, and with good reason, admired her appearance so much that she resolved to wear her magnificent dresses in turn on holidays and Sundays for her own amusement, and this she regularly did. She entwined flowers and diamonds in her lovely hair with admirable art, and often she sighed that she had no witness of her beauty save the sheep and geese, who loved her just as much in the horrible donkey-skin after which she had been named at the farm.

One holiday when Donkey-skin had put on her sun-hued dress, the son of the King to whom the farm belonged alighted there to rest on his return from the hunt. This Prince was young and handsome, beloved of his father and of the Queen his mother, and adored by the people. After he had partaken of the simple collation which was offered him he set out to inspect the farm-yard and all its nooks and corners. In going thus from place to place, he entered a dark alley at the bottom of which was a closed door. Curiosity made him put his eye to the keyhole. Imagine his astonishment at seeing a Princess so beautiful and so richly dressed, and withal of so noble and dignified a mien, that he took her to be a divinity. The impetuosity of his feelings at this moment would have made him force the door, had it not been for the respect with which that charming figure filled him.

It was with difficulty that he withdrew from this gloomy little alley, intent on discovering who the inmate of the tiny room might be. He was told that it was a scullion called Donkey-skin because of the skin which she always wore, and that she was so dirty and unpleasant that no one took any notice of her, or even spoke to her; she had just been taken out of pity to look after the geese.

The Prince, though little satisfied by this information, saw that these dense people knew no more, and that it was useless to question them. So he returned to the palace of the King his father, beyond words in love, having continually before his eyes the beautiful image of the goddess whom he had seen through the keyhole. He was full of regret that he had not knocked at the door, and promised himself that he would not fail to do so next time. But the fervency of his love caused him such great agitation that the same night he was seized by a terrible fever, and was soon at death's door. The Queen, who had no other child, was in despair because all remedies proved useless. In vain she promised great rewards to the doctors; though they exerted all their skill, nothing would cure the Prince. At last they decided that some great sorrow had caused this terrible fever. They told the Queen, who, full of tenderness for her son, went to him and begged him to tell her his trouble. She declared that even if it was a matter of giving him the crown, his father would yield the throne to him without regret; or if he desired some Princess, even though there should be war with the King her father and their subjects should, with reason, complain, all should be sacrificed to obtain what he wished. She implored him with tears not to die, since their life depended on his. The Queen did not finish this touching discourse without moving the Prince to tears.

"Madam," he said at last, in a very feeble voice, "I am not so base that I desire the crown of my father, rather may Heaven grant him life for many years, and that I may always be the most faithful and the most respectful of his subjects! As to the Princesses that you speak of, I have never yet thought of marriage, and you well know that, subject as I am to your wishes, I shall obey you always, even though it be painful to me."

"Ah, my son," replied the Queen, "we will spare nothing to save your life. But, my dear child, save mine and that of the King your father by telling me what you desire, and be assured that you shall have it."

"Well, Madam," he said, "since you would have me tell you my thought, I obey you. It would indeed be a sin to place in danger two lives so dear to me. Know, my mother, that I wish Donkey-skin to make me a cake, and to have it brought to me when it is ready."

The Queen, astonished at this strange name, asked who Donkey-skin might be.

"It is, Madam," replied one of her officers who had by chance seen this girl, "it is the most ugly creature imaginable after the wolf, a slut who lodges at your farm, and minds your geese."

"It matters not," said the Queen; "my son, on his way home from the chase, has perhaps eaten of her cakes; it is a whim such as those who are sick do sometimes have. In a word, I wish that Donkey-skin, since Donkey-skin it is, make him presently a cake."

A messenger ran to the farm and told Donkey-skin that she was to make a cake for the Prince as well as she possibly could. Now, some believe that Donkey-skin had been aware of the Prince in her heart at the moment when he had put his eye to the keyhole; and then, looking from her little window, she had seen him, so young, so handsome, and so shapely, that the remembrance of him had remained, and that often the thought of him had cost her some sighs. Be that as it may, Donkey-skin, either having seen him, or having heard him spoken of with praise, was overjoyed to think that she might become known to him. She shut herself in her little room, threw off the ugly skin, bathed her face and hands, arranged her hair, put on a beautiful corsage of bright silver, and an equally beautiful petticoat, and then set herself to make the much desired cake. She took the finest flour, and newest eggs and freshest butter, and while she was working them, whether by design or no, a ring which she had on her finger fell into the cake and was mixed in it. When the cooking was done, she muffled herself in her horrible skin and gave the cake to the messenger, asking him for news of the Prince; but the man would not deign to reply, and without a word ran quickly back to the palace.

The Prince took the cake greedily from the man's hands, and ate it with such voracity that the doctors who were present did not fail to say that this haste was not a good sign. Indeed, the Prince came near to being choked by the ring, which he nearly swallowed, in one of the pieces of cake. But he drew it cleverly from his mouth, and his desire for the cake was forgotten as he examined the fine emerald set in a gold keeper-ring, a ring so small that he knew it could only be worn on the prettiest little finger in the world.

He kissed the ring a thousand times, put it under his pillow, and drew it out every moment that he thought himself unobserved. The torment that he gave himself, planning how he might see her to whom the ring belonged, not daring to believe that if he asked for Donkey-skin she would be allowed to come, and not daring to speak of what he had seen through the key-hole for fear that he would be laughed at for a dreamer, brought back the fever with great violence. The doctors, not knowing what more to do, declared to the Queen that the Prince's malady was love, whereupon the Queen and the disconsolate King ran to their son.

"My son, my dear son," cried the affected monarch, "tell us the name of her whom you desire: we swear that we will give her to you. Even though she were the vilest of slaves."

The Queen embracing him, agreed with all that the King had said, and the Prince, moved by their tears and caresses, said to them: "My father and my mother, I in no way desire to make a marriage which is displeasing to you." And drawing the emerald from under his pillow he added: "To prove the truth of this, I desire to marry her to whom this ring belongs. It is not likely that she who owns so pretty a finger is a rustic or a peasant."

The King and the Queen took the ring, examined it with great curiosity, and agreed with the Prince that it could only belong to the daughter of a good house. Then the King, having embraced his son, and entreated him to get well, went out. He ordered the drums and fifes and trumpets to be sounded throughout the town, and the heralds to cry that she whose finger a certain ring would fit should marry the heir to the throne.

First the Princesses arrived, then the duchesses, and the marquises, and the baronesses; but though they did all they could to make their fingers small, none could put on the ring. So the country girls had to be tried, but pretty though they all were, they all had fingers that were too fat. The Prince, who was feeling better, made the trial himself. At last it was the turn of the chamber-maids; but they succeeded no better. Then, when everyone else had tried, the Prince asked for the kitchen-maids, the scullions, and the sheep-girls. They were all brought to the palace, but their coarse red, short, fingers would hardly go through the golden hoop as far as the nail.

"You have not brought that Donkey-skin, who made me the cake," said the Prince.

Everyone laughed and said, "No," so dirty and unpleasant was she.

"Let someone fetch her at once," said the King; "it shall not be said that I left out the lowliest." And the servants ran laughing and mocking to find the goose-girl.

The Princess, who had heard the drums and the cries of the heralds, had no doubt that the ring was the cause of this uproar. Now, she loved the Prince, and, as true love is timorous and has no vanity, she was in perpetual fear that some other lady would be found to have a finger as small as hers. Great, then, was her joy when the messengers came and knocked at her door. Since she knew that they were seeking the owner of the right finger on which to set her ring, some impulse had moved her to arrange her hair with great care, and to put on her beautiful silver corsage, and the petticoat full of furbelows and silver lace studded with emeralds. At the first knock she quickly covered her finery with the donkey-skin and opened the door. The visitors, in derision, told her that the King had sent for her in order to marry her to his son. Then with loud peals of laughter they led her to the Prince, who was astonished at the garb of this girl, and dared not believe that it was she whom he had seen so majestic and so beautiful. Sad and confounded, he said, "Is it you who lodge at the bottom of that dark alley in the third yard of the farm?"

"Yes, your Highness," she replied.

"Show me your hand," said the Prince trembling, and heaving a deep sigh.

Imagine how astonished everyone was! The King and the Queen, the chamberlains and all the courtiers were dumb-founded, when from beneath that black and dirty skin came a delicate little white and rose-pink hand, and the ring slipped without difficulty on to the prettiest little finger in the world. Then, by a little movement which the Princess made, the skin fell from her shoulders and so enchanting was her guise, that the Prince, weak though he was, fell on his knees and held her so closely that she blushed. But that was scarcely noticed, for the King and Queen came to embrace her heartily, and to ask her if she would marry their son. The Princess, confused by all these caresses and by the love of the handsome young Prince, was about to thank them when suddenly the ceiling opened, and the Lilac-fairy descended in a chariot made of the branches and flowers from which she took her name, and, with great charm, told the Princess's story. The King and Queen, overjoyed to know that Donkey-skin was a great Princess redoubled their caresses, but the Prince was even more sensible of her virtue, and his love increased as the Fairy unfolded her tale. His impatience to marry her, indeed, was so great that he could scarcely allow time for the necessary preparations for the grand wedding which was their due. The King and Queen, now entirely devoted to their daughter-in-law, overwhelmed her with affection. She had declared that she could not marry the Prince without the consent of the King her father, so, he was the first to whom an invitation to the wedding was sent; he was not, however, told the name of the bride. The Lilac-fairy, who, as was right, presided over all, had recommended this course to prevent trouble. Kings came from all the countries round, some in sedan-chairs, others in beautiful carriages; those who came from the most distant countries rode on elephants and tigers and eagles. But the most magnificent and most glorious of all was the father of the Princess. He had happily recovered his reason, and had married a Queen who was a widow and very beautiful, but by whom he had no child. The Princess ran to him, and he recognized her at once and embraced her with great tenderness before she had time to throw herself on her knees. The King and Queen presented their son to him, and the happiness of all was complete. The nuptials were celebrated with all imaginable pomp, but the young couple were hardly aware of the ceremony, so wrapped up were they in one another.

In spite of the protests of the noble-hearted young man, the Prince's father caused his son to be crowned the same day, and kissing his hand, placed him on the throne.

The celebrations of this illustrious marriage lasted nearly three months, but the love of the two young people would have endured for more than a hundred years, had they outlived that age, so great was their affection for one another.

The Fairy Tales of Charles Perrault

Cinderilla; or, The Little Glass Slipper

Once there was a gentleman who married, for his second wife, the proudest and most haughty woman that was ever seen. She had, by a former husband, two daughters of her own, who were, indeed, exactly like her in all things. He had likewise, by another wife, a young daughter, but of unparalleled goodness and sweetness of temper, which she took from her mother, who was the best creature in the world.

No sooner were the ceremonies of the wedding over but the stepmother began to show herself in her true colors. She could not bear the good qualities of this pretty girl, and the less because they made her own daughters appear the more odious. She employed her in the meanest work of the house. She scoured the dishes, tables, etc., and cleaned Madam's chamber, and those of Misses, her daughters. She slept in a sorry garret, on a wretched straw bed, while her sisters slept in fine rooms, with floors all inlaid, on beds of the very newest fashion, and where they had looking glasses so large that they could see themselves at their full length from head to foot.

The poor girl bore it all patiently, and dared not tell her father, who would have scolded her; for his wife governed him entirely. When she had done her work, she used to go to the chimney corner, and sit down there in the cinders and ashes, which caused her to be called Cinderwench. Only the younger sister, who was not so rude and uncivil as the older one, called her Cinderilla. However, Cinderilla, notwithstanding her coarse apparel, was a hundred times more beautiful than her sisters, although they were always dressed very richly.

It happened that the King's son gave a ball, and invited all persons of fashion to it. Our young misses were also invited, for they cut a very grand figure among those of quality. They were mightily delighted at this invitation, and wonderfully busy in selecting the gowns, petticoats, and hair dressing that would best become them. This was a new difficulty for Cinderilla; for it was she who ironed her sister's linen and pleated their ruffles. They talked all day long of nothing but how they should be dressed. "For my part," said the eldest, "I will wear my red velvet suit with French trimming." "And I," said the youngest, "shall have my usual petticoat; but then, to make amends for that, I will put on my gold-flowered cloak, and my diamond stomacher, which is far from being the most ordinary one in the world." They sent for the best hairdresser they could get to make up their headpieces and adjust their hairdos, and they had their red brushes and patches from the fashionable maker.

They also consulted Cinderilla in all these matters, for she had excellent ideas, and her advice was always good. Indeed, she even offered her services to fix their hair, which they very willingly accepted. As she was doing this, they said to her, "Cinderilla, wouldn't you like to go to the ball?"

"Alas," said she, "you only jeer me; it is not for such as I am to go to such a place."

"You are quite right," they replied. "It would make the people laugh to see a Cinderwench at a ball."

Anyone but Cinderilla would have fixed their hair awry, but she was very good, and dressed them perfectly well. They were so excited that they hadn't eaten a thing for almost two days. Then they broke more than a dozen laces trying to have themselves laced up tightly enough to give them a fine slender shape. They were continually in front of their looking glass. At last the happy day came. They went to Court, and Cinderilla followed them with her eyes as long as she could. When she lost sight of them, she started to cry.

Her godmother, who saw her all in tears, asked her what the

matter was.

"I wish I could. I wish I could." She was not able to speak the rest, being interrupted by her tears and sobbing.

This godmother of hers, who was a Fairy, said to her, "You wish that you could go to the ball; is it not so?"

"Yes," cried Cinderilla, with a great sigh.

"Well," said her godmother, "be but a good girl, and I will contrive that you shall go." Then she took her into her chamber, and said to her, "Run into the garden, and bring me a pumpkin."

Cinderilla went immediately to gather the finest she could get, and brought it to her godmother, not being able to imagine how this pumpkin could help her go to the ball. Her godmother scooped out all the inside of it, leaving nothing but the rind. Having done this, she struck the pumpkin with her wand, and it was instantly turned into a fine coach, gilded all over with gold.

She then went to look into her mousetrap, where she found six mice, all alive, and ordered Cinderilla to lift up a little the trapdoor. She gave each mouse, as it went out, a little tap with her wand, and the mouse was that moment turned into a fine horse, which altogether made a very fine set of six horses of a beautiful mouse-colored dapple gray.

Being at a loss for a coachman, Cinderilla said, "I will go and see if there is not a rat in the rat trap that we can turn into a coachman."

"You are right," replied her godmother, "Go and look."

Cinderilla brought the trap to her, and in it there were three huge rats. The Fairy chose the one which had the largest beard, touched him with her wand, and turned him into a fat, jolly coachman, who had the smartest whiskers that eyes ever beheld.

After that, she said to her, "Go again into the garden, and you will find six lizards behind the watering pot. Bring them to me."

She had no sooner done so but her godmother turned them into six footmen, who skipped up immediately behind the coach, with their liveries all bedaubed with gold and silver, and clung as close behind each other as if they had done nothing else their whole lives. The Fairy then said to Cinderilla, "Well, you see here an equipage fit to go to the ball with; are you not pleased with it?"

"Oh, yes," she cried; "but do I have to go in these nasty rags?"

Her godmother then touched her with her wand, and, at the same instant, her clothes turned into cloth of gold and silver, all beset with jewels. This done, she gave her a pair of glass slippers, the prettiest in the whole world. Being thus decked out, she got up into her coach; but her godmother, above all things, commanded her not to stay past midnight, telling her, at the same time, that if she stayed one moment longer, the coach would be a pumpkin again, her horses mice, her coachman a rat, her footmen lizards, and that her clothes would become just as they were before.

She promised her godmother to leave the ball before midnight; and then drove away, scarcely able to contain herself for joy. The King's son, who was told that a great Princess, whom nobody knew, had arrived, ran out to receive her. He gave her his hand as she alighted from the coach, and led her into the hall, among all the company. There was immediately a profound silence. Everyone stopped dancing, and the violins ceased to play, so entranced was everyone with the singular beauties of the unknown newcomer.

Nothing was then heard but a confused noise of, "How beautiful she is! How beautiful she is!"

The King himself, old as he was, could not help watching her, and telling the Queen softly that it was a long time since he had seen so beautiful and lovely a creature.

All the ladies were busied in considering her clothes and headdress, hoping to have some made next day after the same pattern, provided they could find such fine materials and as able hands to make them.

The King's son led her to the most honorable seat, and afterward took her out to dance with him. She danced so very gracefully that they all more and more admired her. A fine meal was served up, but the young Prince ate not a morsel, so intently was he busied in gazing on her.

She went and sat down by her sisters, showing them a thousand civilities, giving them part of the oranges and citrons which the Prince had presented her with, which very much surprised them, for they did not know her. While Cinderilla was thus amusing her sisters, she heard the clock strike eleven and three-quarters, whereupon she immediately made a courtesy to the company and hurried away as fast as she could.

Arriving home, she ran to seek out her godmother, and, after having thanked her, she said she could not but heartily wish she might go to the ball the next day as well, because the King's son had invited her.

As she was eagerly telling her godmother everything that had happened at the ball, her two sisters knocked at the door, which Cinderilla ran and opened.

"You stayed such a long time!" she cried, gaping, rubbing her eyes and stretching herself as if she had been sleeping; she had not, however, had any manner of inclination to sleep while they were away from home.

"If you had been at the ball," said one of her sisters, "you would not have been tired with it. The finest Princess was there, the most beautiful that mortal eyes have ever seen. She showed us a thousand civilities, and gave us oranges and citrons."

Cinderilla seemed very indifferent in the matter. Indeed, she asked them the name of that Princess; but they told her they did not know it, and that the King's son was very uneasy on her account and would give all the world to know who she was. At this Cinderilla, smiling, replied, "She must, then, be very beautiful indeed; how happy you have been! Could not I see her? Ah, dear Charlotte, do lend me your yellow dress which you wear every day."

"Yes, to be sure!" cried Charlotte; "lend my clothes to such a dirty Cinderwench as you are! I should be such a fool."

Cinderilla, indeed, well expected such an answer, and was very glad of the refusal; for she would have been sadly put to it, if her sister had lent her what she asked for jestingly.

The next day the two sisters were at the ball, and so was Cinderilla, but dressed even more magnificently than before. The King's son was always by her, and never ceased his compliments and kind speeches to her. All this was so far from being tiresome to her, and, indeed, she quite forgot what her godmother had told her. She thought that it was no later than eleven when she counted the clock striKing twelve. She jumped up and fled, as nimble as a deer. The Prince followed, but could not overtake her. She left behind one of her glass slippers, which the Prince picked up most carefully. She reached home, but quite out of breath, and in her nasty old clothes, having nothing left of all her finery but one of the little slippers, the mate to the one that she had dropped.

The guards at the palace gate were asked if they had not seen a Princess go out. They replied that they had seen nobody leave but a young girl, very shabbily dressed, and who had more the air of a poor country wench than a gentlewoman.

When the two sisters returned from the ball, Cinderilla asked them if they had been well entertained, and if the fine lady had been there.

They told her, yes, but that she hurried away immediately when it struck twelve, and with so much haste that she dropped one of her little glass slippers, the prettiest in the world, which the King's son had picked up; that he had done nothing but look at her all the time at the ball, and that most certainly he was very much in love with the beautiful person who owned the glass slipper.

What they said was very true; for a few days later, the King's son had it proclaimed, by sound of trumpet, that he would marry her whose foot this slipper would just fit. They began to try it on the Princesses, then the duchesses and all the Court, but in vain; it was brought to the two sisters, who did all they possibly could to force their foot into the slipper, but they did not succeed.

Cinderilla, who saw all this, and knew that it was her slipper, said to them, laughing, "Let me see if it will not fit me."

Her sisters burst out laughing, and began to banter with her. The gentleman who was sent to try the slipper looked earnestly at Cinderilla, and, finding her very handsome, said that it was only just that she should try as well, and that he had orders to let everyone try.

He had Cinderilla sit down, and, putting the slipper to her foot, he found that it went on very easily, fitting her as if it had been made of wax. Her two sisters were greatly astonished, but then even more so, when Cinderilla pulled out of her pocket the other slipper, and put it on her other foot. Then in came her godmother and touched her wand to Cinderilla's clothes, maKing them richer and more magnificent than any of those she had worn before.

And now her two sisters found her to be that fine, beautiful lady whom they had seen at the ball. They threw themselves at her feet to beg pardon for all the ill treatment they had made her undergo. Cinderilla took them up, and, as she embraced them, said that she forgave them with all her heart, and wanted them always to love her.

She was taken to the young Prince, dressed as she was. He thought she was more charming than before, and, a few days after, married her. Cinderilla, who was no less good than beautiful, gave her two sisters lodgings in the palace, and that very same day matched them with two great lords of the court.

The Fairy Tales of Charles Perrault

The Sleeping Beauty in the Wood

There were formerly a King and a Queen, who were so sorry that they had no children; so sorry that it cannot be expressed. They went to all the waters in the world; vows, pilgrimages, all ways were tried, and all to no purpose. At last, however, the Queen had a daughter. There was a very fine christening; and the Princess had for her godmothers all the Fairies they could find in the whole Kingdom (they found seven), that every one of them might give her a gift, as was the custom of Fairies in those days. By this means the Princess had all the perfections imaginable.

After the ceremonies of the christening were over, all the company returned to the King's palace, where was prepared a great feast for the Fairies. There was placed before every one of them a magnificent cover with a case of massive gold, wherein were a spoon, knife, and fork, all of pure gold set with diamonds and rubies. But as they were all sitting down at table they saw come into the hall a very old Fairy, whom they had not invited, because it was above fifty years since she had been out of a certain tower, and she was believed to be either dead or enchanted. The King ordered her a cover, but could not furnish her with a case of gold as the others, because they had only seven made for the seven Fairies. The old Fairy fancied she was slighted, and muttered some threats between her teeth. One of the young Fairies who sat by her overheard how she grumbled; and, judging that she might give the little Princess some unlucky gift, went, as soon as they rose from table, and hid herself behind the hangings, that she might speak last, and repair, as much as she could, the evil which the old Fairy might intend.

In the meanwhile all the Fairies began to give their gifts to the Princess. The youngest gave her for gift that she should be the most beautiful person in the world; the next, that she should have the wit of an angel; the third, that she should have a wonderful grace in everything she did; the fourth, that she should dance perfectly well; the fifth, that she should sing like a nightingale; and the sixth, that she should play all kinds of music to the utmost perfection.

The old Fairy's turn coming next, with a head shaking more with spite than age, she said that the Princess should have her hand pierced with a spindle and die of the wound. This terrible gift made the whole company tremble, and everybody fell a-crying.

At this very instant the young Fairy came out from behind the hangings, and spake these words aloud: "Assure yourselves, O King and Queen, that your daughter shall not die of this disaster. It is true, I have no power to undo entirely what my elder has done. The Princess shall indeed pierce her hand with a spindle; but, instead of dying, she shall only fall into a profound sleep, which shall last a hundred years, at the expiration of which a king's son shall come and awake her."

The King, to avoid the misfortune foretold by the old Fairy, caused immediately proclamation to be made, whereby everybody was forbidden, on pain of death, to spin with a distaff and spindle, or to have so much as any spindle in their houses.

About fifteen or sixteen years after, the King and Queen being gone to one of their houses of pleasure, the young Princess happened one day to divert herself in running up and down the palace; when going up from one apartment to another, she came into a little room on the top of the tower, where a good old woman, alone, was spinning with her spindle. This good woman had never heard of the King's proclamation against spindles.

"What are you doing there, goody?" said the Princess.

"I am spinning, my pretty child," said the old woman, who did not know who she was.

"Ha!" said the Princess, "this is very pretty; how do you do it?

Give it to me, that I may see if I can do so." She had no sooner taken it into her hand than, whether being very hasty at it, somewhat unhandy, or that the decree of the Fairy had so ordained it, it ran into her hand, and she fell down in a swoon.

The good old woman, not knowing very well what to do in this affair, cried out for help. People came in from every quarter in great numbers; they threw water upon the Princess's face, unlaced her, struck her on the palms of her hands, and rubbed her temples with Hungary-water; but nothing would bring her to herself.

And now the King, who came up at the noise, bethought himself of the prediction of the Fairies, and, judging very well that this must necessarily come to pass, since the Fairies had said it, caused the Princess to be carried into the finest apartment in his palace, and to be laid upon a bed all embroidered with gold and silver. One would have taken her for a little angel, she was so very beautiful; for her swooning away had not diminished one bit of her complexion; her cheeks were carnation, and her lips were coral; indeed, her eyes were shut, but she was heard to breathe softly, which satisfied those about her that she was not dead. The King commanded that they should not disturb her, but let her sleep quietly till her hour of awaking was come.

The good Fairy who had saved her life by condemning her to sleep a hundred years was in the Kingdom of Matakin, twelve thousand leagues off, when this accident befell the Princess; but she was instantly informed of it by a little dwarf, who had boots of seven leagues, that is, boots with which he could tread over seven leagues of ground in one stride. The Fairy came away immediately, and she arrived, about an hour after, in a fiery chariot drawn by dragons. The King handed her out of the chariot, and she approved everything he had done, but as she had very great foresight, she thought when the Princess should awake she might not know what to do with herself, being all alone in this old palace; and this was what she did: she touched with her wand everything in the palace (except the King and Queen) — governesses, maids of honor, ladies of the bedchamber, gentlemen, officers, stewards, cooks, undercooks, scullions, guards, with their beefeaters, pages, footmen; she likewise touched all the horses which were in the stables, pads as well as others, the great dogs in the outward court and pretty little Mopsey too, the Princess's little spaniel, which lay by her on the bed.

Immediately upon her touching them they all fell asleep, that they might not awake before their mistress and that they might be ready to wait upon her when she wanted them. The very spits at the fire, as full as they could hold of partridges and pheasants, did fall asleep also. All this was done in a moment. Fairies are not long in doing their business.

And now the King and the Queen, having kissed their dear child without waking her, went out of the palace and put forth a proclamation that nobody should dare to come near it.

This, however, was not necessary, for in a quarter of an hour's time there grew up all round about the park such a vast number of trees, great and small, bushes and brambles, twining one within another, that neither man nor beast could pass through; so that nothing could be seen but the very top of the towers of the palace; and that, too, not unless it was a good way off. Nobody; doubted but the Fairy gave herein a very extraordinary sample of her art, that the Princess, while she continued sleeping, might have nothing to fear from any curious people.

When a hundred years were gone and passed the son of the King then reigning, and who was of another family from that of the sleeping Princess, being gone a hunting on that side of the country, asked: What were those towers which he saw in the middle of a great thick wood? Everyone answered according as they had heard. Some said that it was a ruinous old castle, haunted by spirits. Others, that all the sorcerers and witches of the country kept there their sabbath or night's meeting. The common opinion was that an Ogre lived there, and that he carried there all the little children he could catch, that he might eat them up at his leisure, without anybody being able to follow him, as having himself only the power to pass through the wood.

The Prince was at a stand, not knowing what to believe, when a very good countryman spake to him thus: "May it please your Royal Highness, it is now about fifty years since I heard from my father, who heard my grandfather say, that there was then in this castle a Princess, the most beautiful was ever seen; that she must sleep there a hundred years, and should be waked by a king's son, for whom she was reserved." The young Prince was all on fire at these words, believing, without weighing the matter, that he could put an end to this rare adventure; and, pushed on by love and honor, resolved that moment to look into it.

Scarce had he advanced toward the wood when all the great trees, the bushes, and brambles gave way of themselves to let him pass through; he walked up to the castle which he saw at the end of a large avenue which he went into; and what a little surprised him was that he saw none of his people could follow him, because the trees closed again as soon as he had passed through them. However, he did not cease from continuing his way; a young and amorous Prince is always valiant.

He came into a spacious outward court, where everything he saw might have frozen the most fearless person with horror. There reigned all over a most frightful silence; the image of death everywhere showed itself, and there was nothing to be seen but stretched-out bodies of men and animals, all seeming to be dead. He, however, very well knew, by the ruby faces and pimpled noses of the beefeaters, that they were only asleep; and their goblets, wherein still remained some drops of wine, showed plainly that they fell asleep in their cups.

He then crossed a court paved with marble, went up the stairs and came into the guard chamber, where guards were standing in their ranks, with their muskets upon their shoulders, and snoring as loud as they could. After that he went through several rooms full of gentlemen and ladies, all asleep, some standing, others sitting. At last he came into a chamber all gilded with gold, where he saw upon a bed, the curtains of which were all open, the finest sight was ever beheld — a Princess, who appeared to be about fifteen or sixteen years of age, and whose bright and, in a manner, resplendent beauty, had somewhat in it divine. He approached with trembling and admiration, and fell down before her upon his knees.

And now, as the enchantment was at an end, the Princess awaked, and looking on him with eyes more tender than the first view might seem to admit of. "Is it you, my prince?" said she to him. "You have waited a long while."

The Prince, charmed with these words, and much more with the manner in which they were spoken, knew not how to show his joy and gratitude; he assured her that he loved her better than he did himself; their discourse was not well connected, they did weep more than talk — little eloquence, a great deal of love. He was more at a loss than she, and we need not wonder at it; she had time to think on what to say to him; for it is very probable (though history mentions nothing of it) that the good Fairy, during so long a sleep, had given her very agreeable dreams. In short, they talked four hours together, and yet they said not half what they had to say.

In the meanwhile all the palace awaked; everyone thought upon their particular business, and as all of them were not in love they were ready to die for hunger. The chief lady of honor, being as sharp set as other folks, grew very impatient, and told the Princess aloud that supper was served up. The Prince helped the Princess to rise; she was entirely dressed, and very magnificently, but his Royal Highness took care not to tell her that she was dressed like his great-grandmother, and had a point band peeping over a high collar; she looked not a bit less charming and beautiful for all that.

They went into the great hall of looking-glasses, where they supped, and were served by the Princess's officers, the violins and hautboys played old tunes, but very excellent, though it was now above a hundred years since they had played; and after supper, without losing any time, the lord almoner married them in the chapel of the castle, and the chief lady of honor drew the curtains. They had but very little sleep — the Princess had no occasion; and the Prince left her next morning to return to the city, where his father must needs have been in pain for him. The Prince told him that he lost his way in the forest as he was hunting, and that he had lain in the cottage of a charcoal burner, who gave him cheese and brown bread.

The King, his father, who was a good man, believed him; but his mother could not be persuaded it was true; and seeing that he went almost every day a hunting, and that he always had some excuse ready for so doing, though he had lain out three or four nights together, she began to suspect that he was married, for he lived with the Princess above two whole years, and had by her two children, the eldest of which, who was a daughter, was named Aurora, and the youngest, who was a son, they called Day, because he was a great deal handsomer and more beautiful than his sister.

The Queen spoke several times to her son, to inform herself after what manner he did pass his time, and that in this he ought in duty to satisfy her. But he never dared to trust her with his secret; he feared her, though he loved her, for she was of the race of the Ogres, and the King would never have married her had it not been for her vast riches; it was even whispered about the court that she had Ogreish inclinations, and that, whenever she saw little children passing by, she had all the difficulty in the world to avoid falling upon them. And so the Prince would never tell her one word.

But when the King was dead, which happened about two years afterward, and he saw himself lord and master, he openly declared his marriage; and he went in great ceremony to conduct his Queen to the palace. They made a magnificent entry into the capital city, she riding between her two children.

Soon after, the King went to make war with the Emperor Contalabutte, his neighbor. He left the government of the Kingdom to the Queen his mother, and earnestly recommended to her care his wife and children. He was obliged to continue his expedition all the summer, and as soon as he departed the Queen mother sent her daughter-in-law to a country house among the woods, that she might with the more ease gratify her horrible longing.

Some few days afterward she went there herself, and said to her clerk of the kitchen:

"I have a mind to eat little Aurora for my dinner tomorrow."

"Ah, Madam," cried the clerk of the kitchen.

"I will have it so," replied the Queen (and this she spoke in the tone of an Ogress who had a strong desire to eat fresh meat), "and will eat her with a Sauce Robert."

The poor man, knowing very well that he must not play tricks with Ogresses, took his great knife and went up into little Aurora's chamber. She was then four years old, and came up to him jumping and laughing, to take him about the neck, and ask him for some sugar candy. Upon which he began to weep, the great knife fell out of his hand, and he went into the back yard, and killed a little lamb, and dressed it with such good sauce that his mistress assured him that she had never eaten anything so good in her life. He had at the same time taken up little Aurora, and carried her to his wife, to conceal her in the lodging he had at the bottom of the courtyard.

About eight days afterward the wicked Queen said to the clerk of the kitchen, "I will sup on little Day."

He answered not a word, being resolved to cheat her as he had done before. He went to find out little Day, and saw him with a little foil in his hand, with which he was fencing with a great monkey, the child being then only three years of age. He took him up in his arms and carried him to his wife, that she might conceal him in her chamber along with his sister, and in the room of little Day cooked up a young kid, very tender, which the Ogress found to be wonderfully good.

This was hereto all mighty well; but one evening this wicked Queen said to her clerk of the kitchen, "I will eat the Queen with the same sauce I had with her children."

It was now that the poor clerk of the kitchen despaired of being able to deceive her. The young Queen was turned of twenty, not reckoning the hundred years she had been asleep; and how to find in the yard a beast so firm was what puzzled him. He took then a resolution, that he might save his own life, to cut the Queen's throat; and going up into her chamber, with intent to do it at once, he put himself into as great fury as he could possibly, and came into the young Queen's room with his dagger in his hand. He would not, however, surprise her, but told her, with a great deal of respect, the orders he had received from the Queen mother.

"Do it; do it," said she, stretching out her neck. "Execute your orders, and then I shall go and see my children, my poor children, whom I so much and so tenderly loved," for she thought them dead ever since they had been taken away without her knowledge.

"No, no, Madam," cried the poor clerk of the kitchen, all in tears. "You shall not die, and yet you shall see your children again; but then you must go home with me to my lodgings, where I have concealed them, and I shall deceive the Queen once more, by giving her in your stead a young hind."

Upon this he forthwith conducted her to his chamber, where, leaving her to embrace her children, and cry along with them, he went and dressed a young hind, which the Queen had for her supper, and devoured it with the same appetite as if it had been the young Queen. Exceedingly was she delighted with her cruelty, and she had invented a story to tell the King, at his return, how the mad wolves had eaten up the Queen his wife and her two children.

One evening, as she was, according to her custom, rambling round about the courts and yards of the palace to see if she could smell any fresh meat, she heard, in a ground room, little Day crying, for his mama was going to whip him, because he had been naughty; and she heard, at the same time, little Aurora begging pardon for her brother.

The Ogress presently knew the voice of the Queen and her children, and being quite mad that she had been thus deceived, she commanded next morning, by break of day (with a most horrible voice, which made everybody tremble), that they should bring into the middle of the great court a large tub, which she caused to be filled with toads, vipers, snakes, and all sorts of serpents, in order to have thrown into it the Queen and her children, the clerk of the kitchen, his wife and maid; all whom she had given orders should be brought there with their hands tied behind them.

They were brought out accordingly, and the executioners were just going to throw them into the tub, when the King (who was not so soon expected) entered the court on horseback and asked, with the utmost astonishment, what the meaning of that horrible spectacle was. No one dared to tell him, when the Ogress, all enraged to see what had happened, threw herself head foremost into the tub, and was instantly devoured by the ugly creatures she had ordered to be thrown into it for others. The King could not but be very sorry, for she was his mother; but he soon comforted himself with his beautiful wife and his pretty children.

The Fairy Tales of Charles Perrault

Riquet with the Tuft

There was, once upon a time, a Queen, who was brought to bed of a son, so hideously ugly, that it was long disputed, whether he had human form. A Fairy, who was at his birth, affirmed, he would be very lovable for all that, since he should be indowed with abundance of wit. She even added, that it would be in his power, by virtue of a gift she had just then given him, to bestow on the person he most loved as much wit as he pleased. All this somewhat comforted the poor Queen, who was under a grievous affliction for having brought into the world such an ugly brat. It is true, that this child no sooner began to prattle, but he said a thousand pretty things, and that in all his actions there was something so taking, that he charmed everybody. I forgot to tell you, that he came into the world with a little tuft of hair upon his head, which made them call him Riquet with the Tuft, for Riquet was the family name.

Seven or eight years after this, the Queen of a neighboring kingdom was delivered of two daughters at a birth. The first-born of these was beautiful beyond compare, whereat the Queen was so very glad, that those present were afraid that her excess of joy would do her harm. The same Fairy, who had assisted at the birth of little Riquet with the Tuft, was here also; and, to moderate the Queen's gladness, she declared, that this little Princess should have no wit at all, but be as stupid as she was pretty. This mortified the Queen extremely, but some moments afterward she had far greater sorrow; for, the second daughter she was delivered of, was very ugly.

"Do not afflict yourself so much, Madam," said the Fairy; "your daughter shall have so great a portion of wit, that her want of beauty will scarcely be perceived."

"God grant it," replied the Queen; "but is there no way to make the eldest, who is so pretty, have some little wit?"

"I can do nothing for her, Madam, as to wit," answered the Fairy, "but everything as to beauty; and as there is nothing but what I would do for your satisfaction, I give her for gift, that she shall have the power to make handsome the person who shall best please her."

As these Princesses grew up, their perfections grew up with them; all the public talk was of the beauty of the eldest, and the wit of the youngest. It is true also that their defects increased considerably with their age; the youngest visibly grew uglier and uglier, and the eldest became every day more and more stupid; she either made no answer at all to what was asked her, or said something very silly; she was with all this so unhandy, that she could not place four pieces of china upon the mantlepiece, without breaking one of them, nor drink a glass of water without spilling half of it upon her clothes. Though beauty is a very great advantage in young people, yet here the youngest sister bore away the bell, almost always, in all companies from the eldest; people would indeed, go first to the Beauty to look upon, and admire her, but turn aside soon after to the Wit, to hear a thousand most entertaining and agreeable turns, and it was amazing to see, in less than a quarter of an hour's time, the eldest with not a soul with her and the whole company crowding about the youngest. The eldest, though she was unaccountably dull, could not but notice it, and would have given all her beauty to have half the wit of her sister. The Queen, prudent as she was, could not help reproaching her several times, which had liked to have made this poor Princess die for grief.

One day, as she retired into the wood to bewail her misfortune, she saw, coming to her, a little man, very disagreeable, but most magnificently dressed. This was the young Prince Riquet with the Tuft, who having fallen in love with her, by seeing her picture, many of which went all the world over, had left his father's kingdom, to have the pleasure of seeing and talking with her.

Overjoyed to find her thus all alone, he addressed himself to her with all imaginable politeness and respect. Having observed, after he had made her the ordinary compliments, that she was extremely melancholy, he said to her:

"I cannot comprehend, Madam, how a person so beautiful as you are, can be so sorrowful as you seem to be; for though I can boast of having seen infinite numbers of ladies exquisitely charming, I can say that I never beheld anyone whose beauty approaches yours."

"You are pleased to say so," answered the Princess, and here she stopped.

"Beauty," replied Riquet with the Tuft, "is such a great advantage, that it ought to take the place of all things; and since you possess this treasure, I see nothing that can possibly very much afflict you."

"I had far rather," cried the Princess, "be as ugly as you are, and have wit, than have the beauty I possess, and be so stupid as I am."

"There is nothing, Madam," returned he, "shews more that we have wit, than to believe we have none; and it is the nature of that excellent quality, that the more people have of it, the more they believe they want it."

"I do not know that," said the Princess; "but I know, very well, that I am very senseless, and thence proceeds the vexation which almost kills me."

"If that be all, Madam, which troubles you, I can very easily put an end to your affliction."

"And how will you do that?" cried the Princess.

"I have the power, Madam," replied Riquet with the Tuft, "to give to that person whom I shall love best, as much wit as can be had; and as you, Madam, are that very person, it will be your fault only, if you have not as great a share of it as anyone living, provided you will be pleased to marry me."

The Princess remained quite astonished, and answered not a word.

"I see," replied Riquet with the Tuft, "that this proposal makes you very uneasy, and I do not wonder at it, but I will give you a whole year to consider of it."

The Princess had so little wit, and, at the same time, so great a longing to have some, that she imagined the end of that year would never be; therefore she accepted the proposal which was made her. She had no sooner promised Riquet with the Tuft that she would marry him on that day twelvemonth, than she found herself quite otherwise than she was before; she had an incredible facility of speaking whatever she pleased, after a polite, easy, and natural manner; she began that moment a very gallant conversation with Riquet with the Tuft, wherein she tattled at such a rate, that Riquet with the Tuft believed he had given her more wit than he had reserved for himself.

When she returned to the palace, the whole Court knew not what to think of such a sudden and extraordinary change; for they heard from her now as much sensible discourse, and as many infinitely witty turns, as they had stupid and silly impertinences before. The whole Court was overjoyed at it beyond imagination; it pleased all but her younger sister; because having no longer the advantage of her in respect of wit, she appeared, in comparison of her, a very disagreeable, homely puss. The King governed himself by her advice, and would even sometimes hold a council in her apartment. The noise of this change spreading every where, all the young Princes of the neighboring kingdoms strove all they could to gain her favor, and almost all of them asked her in marriage; but she found not one of them had wit enough for her, and she gave them all a hearing, but would not engage herself to any.

However, there came one so powerful, rich, witty and handsome, that she could not help having a good inclination for him. Her father perceived it, and told her that she was her own mistress as to the choice of a husband, and that she might declare her intentions. As the more wit we have, the greater difficulty we find to make a firm resolution upon such affairs, this made her desire her father, after having thanked him, to give her time to consider of it.

She went accidentally to walk in the same wood where she met Riquet with the Tuft, to think, the more conveniently, what she ought to do. While she was walking in a profound meditation, she heard a confused noise under her feet, as it were of a great many people who went backward and forward, and were very busy.

Having listened more attentively, she heard one say:

"Bring me that pot"; another "Give me that kettle"; and a third, "Put some wood upon the fire."

The ground at the same time opened, and she seemingly saw under her feet, a great kitchen full of cooks, scullions, and all sorts of servants necessary for a magnificent entertainment. There came out of it a company of roasters, to the number of twenty, or thirty, who went to plant themselves in a fine alley of wood, about a very long table, with their larding pins in their hands, and skewers in their caps, who began to work, keeping time, to the tune of a very harmonious song.

The Princess, all astonished at this sight, asked them who they worked for.

"For Prince Riquet with the Tuft," said the chief of them, "who is to be married tomorrow."

The Princess was more surprised than ever, and recollecting that it was now that day twelvemonth on which she had promised to marry Riquet with the Tuft, she was like to sink into the ground.

What made her forget this was that, when she made this promise, she was very silly, and having obtained that vast stock of wit which the Prince had bestowed on her, she had entirely forgot her stupidity. She continued walking, but had not taken thirty steps before Riquet with the Tuft presented himself to her, bravely and most magnificently dressed, like a Prince who was going to be married.

"You see, Madam," said he, "I am very exact in keeping my word, and doubt not, in the least, but you are come here to perform yours, and to make me, by giving me your hand, the happiest of men."

"I shall freely own to you," answered the Princess, "that I have not yet taken any resolution on this affair, and believe I never shall take such a one as you desire."

"You astonish me, Madam," said Riquet with the Tuft.

"I believe it," said the Princess, "and surely if I had to do with a clown, or a man of no wit, I should find myself very much at a loss. 'A Princess always observes her word,' would he say to me, 'and you must marry me, since you promised to do so.' But as he whom I talk to is the man of the world who is master of the greatest sense and judgment, I am sure he will hear reason. You know, that when I was but a fool, I could, notwithstanding, never come to a resolution to marry you; why will you have me, now I have so much judgment as you gave me, and which makes me a more difficult person than I was at that time, to come to such a resolution, which I could not then determine to agree to? If you sincerely thought to make me your wife, you have been greatly in the wrong to deprive me of my dull simplicity, and make me see things much more clearly than I did."

"If a man of no wit and sense," replied Riquet with the Tuft, "would be entitled, as you say, to reproach you for breach of your word, why will you not let me, Madam, do likewise in a matter wherein all the happiness of my life is concerned? Is it reasonable that persons of wit and sense should be in a worse condition than those who have none? Can you pretend this; you who have so great a share, and desired so earnestly to have it? But let us come to fact, if you please. Setting aside my ugliness and deformity, is there anything in me which displeases you? Are you dissatisfied with my birth, my wit, humor, or manners?"

"Not at all," answered the Princess; "I love you and respect you in all that you mention." "If it be so," said Riquet with the Tuft, "I am like to be happy, since it is in your power to make me the most lovable of men."

"How can that be?" said the Princess.

"It will come about," said Riquet with the Tuft; "if you love me enough to wish it to be so; and that you may no ways doubt, Madam, of what I say, know that the same Fairy, who, on my birthday, gave me for gift the power of making the person who should please me extremely witty and judicious, has, in like manner, given you for gift the power of making him, whom you love, and would grant that favor to, extremely handsome."

"If it be so," said the Princess, "I wish, with all my heart, that you may be the most lovable Prince in the world, and I bestow it on you, as much as I am able."

The Princess had no sooner pronounced these words, but Riquet with the Tuft appeared to her the finest Prince upon earth; the handsomest and most amiable man she ever saw. Some affirm that it was not the enchantments of the Fairy which worked this change, but that love alone caused the metamorphosis. They say, that the Princess, having made due reflection on the perseverance of her lover, his discretion, and all the good qualities of his mind, his wit and judgment, saw no longer the deformity of his body, nor the ugliness of his face; that his hump seemed to her no more than the homely air of one who has a broad back; and that whereas till then she saw him limp horribly, she found it nothing more than a certain sidling air, which charmed her. They say farther, that his eyes, which were very squinting, seemed to her all the more bright and sparkling; that their irregularity passed in her judgment for a mark of a violent excess of love; and, in short, that his great red nose had, in her opinion, somewhat of the martial and heroic.

Howsoever it was, the Princess promised immediately to marry him, on condition he obtained her father's consent. The King being acquainted that his daughter had abundance of esteem for Riquet with the Tuft, whom he knew otherwise for a most sage and judicious Prince, received him for his son-in-law with pleasure; and the next morning their nuptials were celebrated, as Riquet with the Tuft had foreseen, and according to the orders he had a long time before given.

The Fairy Tales of Charles Perrault

Little Thumb

There was, once upon a time, a man and his wife fagot-makers by trade, who had seven children, all boys. The eldest was but ten years old, and the youngest only seven. One might wonder how that the fagot-maker could have so many children in so little a time; but it was because his wife went nimbly about her business and never brought fewer than two at a birth.

They were very poor, and their seven children incommoded them greatly, because not one of them was able to earn his bread. That which gave them yet more uneasiness was that the youngest was of a very puny constitution, and scarce ever spoke a word, which made them take that for stupidity which was a sign of good sense. He was very little, and when born no bigger than one's thumb, which made him be called Little Thumb.

The poor child bore the blame of whatsoever was done amiss in the house, and, guilty or not, was always in the wrong; he was, notwithstanding, more cunning and had a far greater share of wisdom than all his brothers put together; and, if he spake little, he heard and thought the more.

There happened now to come a very bad year, and the famine was so great that these poor people resolved to rid themselves of their children. One evening, when they were all in bed and the fagot-maker was sitting with his wife at the fire, he said to her, with his heart ready to burst with grief:

"You see plainly that we are not able to keep our children, and I cannot see them starve to death before my face; I am resolved to lose them in the wood tomorrow, which may very easily be done; for, while they are busy in tying up fagots, we may run away, and leave them, without their taking any notice."

"Ah," cried his wife, "and can you yourself have the heart to take your children out along with you on purpose to lose them?"

In vain did her husband represent to her their extreme poverty: she would not consent to it; she was indeed poor, but she was their mother. However, having considered what a grief it would be to her to see them perish with hunger, she at last consented, and went to bed all in tears.

Little Thumb heard every word that had been spoken; for

observing, as he lay in his bed, that they were talking very busily, he got up softly, and hid himself under his father's stool, that he might hear what they said without being seen. He went to bed again, but did not sleep a wink all the rest of the night, thinking on what he had to do. He got up early in the morning, and went to the riverside, where he filled his pockets full of small white pebbles, and then returned home.

They all went abroad, but Little Thumb never told his brothers one syllable of what he knew. They went into a very thick forest, where they could not see one another at ten paces distance. The fagot-maker began to cut wood, and the children to gather up the sticks to make fagots. Their father and mother, seeing them busy at their work, got away from them insensibly, and ran away from them all at once, along a by-way through the winding bushes.

When the children saw they were left alone, they began to cry as loud as they could. Little Thumb let them cry on, knowing very well how to get home again, for, as he came, he took care to drop all along the way the little white pebbles he had in his pockets. Then he said to them:

"Be not afraid, brothers; father and mother have left us here, but I will lead you home again, only follow me."

They did so, and he brought them home by the very same way they came into the forest. They dared not go in, but sat themselves down at the door, listening to what their father and mother were saying.

The very moment the fagot-maker and his wife reached home the lord of the manor sent them ten crowns, which he had owed them a long while, and which they never expected. This gave them new life, for the poor people were almost famished. The fagot-maker sent his wife immediately to the butcher's. As it was a long while since they had eaten a bit, she bought thrice as much meat as would sup two people. When they had eaten, the woman said:

"Alas, where are now our poor children? They would make a good feast of what we have left here; but it was you, William, who had a mind to lose them: I told you we should repent of it. What are they now doing in the forest? Alas, dear God, the wolves have perhaps already eaten them up; you are very inhuman thus to have lost your children."

The fagot-maker grew at last quite out of patience, for she repeated it above twenty times, that they should repent of it, and that she was in the right of it for so saying. He threatened to beat her if she did not hold her tongue. It was not that the fagot-maker was not, perhaps, more vexed than his wife, but that she teased him, and that he was of the humor of a great many others, who love wives to speak well, but think those very importunate who are continually doing so. She was half-drowned in tears, crying out:

"Alas, where are now my children, my poor children?"

She spoke this so very loud that the children, who were at the gate, began to cry out all together:

"Here we are! Here we are!"

She ran immediately to open the door, and said, hugging them:

"I am glad to see you, my dear children; you are very hungry and weary; and my poor Peter, you are horribly bemired; come in and let me clean you."

Now, you must know that Peter was her eldest son, whom she loved above all the rest, because he was somewhat carroty, as she herself was. They sat down to supper, and ate with such a good appetite as pleased both father and mother, whom they acquainted how frightened they were in the forest, speaking almost always all together. The good folks were extremely glad to see their children once more at home, and this joy continued while the ten crowns lasted; but, when the money was all gone, they fell again into their former uneasiness, and resolved to lose them again; and, that they might be the surer of doing it, to carry them to a much greater distance than before.

They could not talk of this so secretly but they were overheard by Little Thumb, who made account to get out of this difficulty as well as the former; but, though he got up very early in the morning to go and pick up some little pebbles, he was disappointed, for he found the house-door double-locked, and was at a stand what to do. When their father had given each of them a piece of bread for their breakfast, Little Thumb fancied he might make use of this instead of the pebbles by throwing it in little bits all along the way they should pass; and so he put the bread in his pocket.

Their father and mother brought them into the thickest and most obscure part of the forest, when, stealing away into a by-path, they there left them. Little Thumb was not very uneasy at it, for he thought he could easily find the way again by means of his bread, which he had scattered all along as he came; but he was very much surprised when he could not find so much as one crumb; the birds had come and had eaten it up, every bit. They were now in great affliction, for the farther they went the more they were out of their way, and were more and more bewildered in the forest.

Night now came on, and there arose a terribly high wind, which made them dreadfully afraid. They fancied they heard on every side of them the howling of wolves coming to eat them up. They scarce dared to speak or turn their heads. After this, it rained very hard, which wetted them to the skin; their feet slipped at every step they took, and they fell into the mire, whence they got up in a very dirty pickle; their hands were quite benumbed.

Little Thumb climbed up to the top of a tree, to see if he could discover anything; and having turned his head about on every side, he saw at last a glimmering light, like that of a candle, but a long way from the forest. He came down, and, when upon the ground, he could see it no more, which grieved him sadly. However, having walked for some time with his brothers toward that side on which he had seen the light, he perceived it again as he came out of the wood.

They came at last to the house where this candle was, not without an abundance of fear: for very often they lost sight of it, which happened every time they came into a bottom. They knocked at the door, and a good woman came and opened it; she asked them what they would have.

Little Thumb told her they were poor children who had been lost in the forest, and desired to lodge there for God's sake.

The woman, seeing them so very pretty, began to weep, and said to them:

"Alas, poor babies, where are you from? Do you know that this house belongs to a cruel Ogre who eats up little children?"

"Ah, dear Madam," answered Little Thumb who trembled every joint of him, as well as his brothers, "what shall we do? To be sure the wolves of the forest will devour us tonight if you refuse us to lie here; and so we would rather the gentleman should eat us; and perhaps he may take pity upon us, especially if you please to beg it of him."

The Ogre's wife, who believed she could conceal them from her husband till morning, let them come in, and brought them to warm themselves at a very good fire; for there was a whole sheep upon the spit, roasting for the Ogre's supper.

As they began to be a little warm they heard three or four great raps at the door; this was the Ogre, who had come home. Upon this she hid them under the bed and went to open the door. The Ogre presently asked if supper was ready and the wine drawn, and then sat himself down to table. The sheep was as yet all raw and bloody; but he liked it the better for that. He sniffed about to the right and left, saying:

"I smell fresh meat."

"What you smell so," said his wife, "must be the calf which I have just now killed and flayed."

"I smell fresh meat, I tell you once more," replied the Ogre, looking crossly at his wife; "and there is something here which I do not understand."

As he spoke these words he got up from the table and went directly to the bed.

"Ah, ah!" said he; "I see then how you would cheat me, you cursed woman; I know not why I do not eat you up too, but it is well for you that you are a tough old carrion. Here is good game, which comes very quickly to entertain three Ogres of my acquaintance who are to pay me a visit in a day or two."

With that he dragged them out from under the bed one by one. The poor children fell upon their knees, and begged his pardon; but they had to do with one of the most cruel Ogres in the world, who, far from having any pity on them, had already devoured them with his eyes, and told his wife they would be delicate eating when tossed up with good savory sauce. He then took a great knife, and, coming up to these poor children, whetted it upon a great whetstone which he held in his left hand. He had already taken hold of one of them when his wife said to him:

"Why need you do it now? Is it not time enough tomorrow?"

"Hold your prating," said the Ogre; "they will eat the tenderer.

"But you have so much meat already," replied his wife, "you have no occasion; here are a calf, two sheep, and half a hog."

"That is true," said the Ogre; "give them their belly full that they may not fall away, and put them to bed."

The good woman was overjoyed at this, and gave them a good supper; but they were so much afraid they could not eat a bit. As for the Ogre, he sat down again to drink, being highly pleased that he had got wherewithal to treat his friends. He drank a dozen glasses more than ordinary, which got up into his head and obliged him to go to bed.

The Ogre had seven daughters, all little children, and these young Ogresses had all of them very fine complexions, because they used to eat fresh meat like their father; but they had little gray eyes, quite round, hooked noses, wide mouths, and very long sharp teeth, standing at a good distance from each other. They were not as yet over and above mischievous, but they promised very fair for it, for they had already bitten little children, that they might suck their blood.

They had been put to bed early, with every one a crown of gold upon her head. There was in the same chamber a bed of the like bigness, and it was into this bed the Ogre's wife put the seven little boys, after which she went to bed to her husband.

Little Thumb, who had observed that the Ogre's daughters had crowns of gold upon their heads, and was afraid lest the Ogre should repent his not killing them, got up about midnight, and, taking his brothers' bonnets and his own, went very softly and put them upon the heads of the seven little Ogresses, after having taken off their crowns of gold, which he put upon his own head and his brothers', that the Ogre might take them for his daughters, and his daughters for the little boys whom he wanted to kill.

All this succeeded according to his desire; for the Ogre waking about midnight, and sorry that he deferred to do that till morning which he might have done overnight, threw himself hastily out of bed, and taking his great knife,

"Let us see," said he, "how our little rogues do, and not make two jobs of the matter."

He then went up, groping all the way, into his daughters'

chamber, and came to the bed where the little boys lay, who were every soul of them fast asleep, except Little Thumb, who was terribly afraid when he found the Ogre fumbling about his head, as he had done about his brothers'. The Ogre, feeling the golden crowns, said:

"I should have made a fine piece of work of it, truly; I find I drank too much last night."

Then he went to the bed where the girls lay; and, having found the boys' little bonnets,

"Ah," said he, "my merry lads, are you there? Let us work as we ought."

And saying these words, without more ado, he cut the throats of all his seven daughters.

Well pleased with what he had done, he went to bed again to his wife. So soon as Little Thumb heard the Ogre snore, he waked his brothers, and bade them all put on their clothes presently and follow him. They stole down softly into the garden, and got over the wall. They kept running about all night, and trembled all the while, without knowing which way they went.

The Ogre, when he awoke, said to his wife: "Go upstairs and dress those young rascals who came here last night."

The wife was very much surprised at this goodness of her husband, not dreaming after what manner she should dress them; but, thinking that he had ordered her to go and put on their clothes, she went up, and was strangely astonished when she perceived her seven daughters killed, and weltering in their blood.

She fainted away, for this is the first expedient almost all women find in such cases. The Ogre, fearing his wife would be too long in doing what he had ordered, went up himself to help her. He was no less amazed than his wife at this frightful spectacle.

"Ah, what have I done?" cried he. "The wretches shall pay for it, and that instantly."

He threw a pitcher of water upon his wife's face, and, having brought her to herself, said:

"Give me quickly my boots of seven leagues, that I may go and catch them."

He went out, and, having run over a vast deal of ground, both on this side and that, he came at last into the very road where the poor children were, and not above a hundred paces from their father's house. They espied the Ogre, who went at one step from mountain to mountain, and over rivers as easily as the narrowest kennels. Little Thumb, seeing a hollow rock near the place where they were, made his brothers hide themselves in it, and crowded into it himself, minding always what would become of the Ogre.

The Ogre, who found himself much tired with his long and fruitless journey (for these boots of seven leagues greatly fatigued the wearer), had a great mind to rest himself, and, by chance, went to sit down upon the rock where the little boys had hid themselves. As it was impossible he could be more weary than he was, he fell asleep, and, after reposing himself some time, he began to snore so frightfully that the poor children were no less afraid of him than when he held up his great knife and was going to cut their throats. Little Thumb was not so much frightened as his brothers, and told them that they should run away immediately toward home while the Ogre was asleep so soundly, and that they should not be in any pain about him. They took his advice, and got home presently. Little Thumb came up to the Ogre, pulled off his boots gently and put them on his own legs. The boots were very long and large, but, as they were fairies, they had the gift of becoming big and little, according to the legs of those who wore them; so that they fitted his feet and legs as well as if they had been made on purpose for him.

He went immediately to the Ogre's house, where he saw his wife crying bitterly for the loss of the Ogre's murdered daughters.

"Your husband," said Little Thumb, "is in very great danger, being taken by a gang of thieves, who have sworn to kill him if he does not give them all his gold and silver. The very moment they held their daggers at his throat he perceived me, and desired me to come and tell you the condition he is in, and that you should give me whatsoever he has of value, without retaining any one thing;

for otherwise they will kill him without mercy; and, as his case is very pressing, he desired me to make use (you see I have them on) of his boots, that I might make the more haste and to show you that I do not impose upon you."

The good woman, being sadly frightened, gave him all she had: for this Ogre was a very good husband, though he used to eat up little children. Little Thumb, having thus got all the Ogre's money, came home to his father's house, where he was received with abundance of joy.

The Fairy Tales of Charles Perrault

The Master Cat; or, Puss in Boots

There was a miller who left no more estate to the three sons he had than his mill, his ass, and his cat. The partition was soon made. Neither scrivener nor attorney was sent for. They would soon have eaten up all the poor patrimony. The eldest had the mill, the second the ass, and the youngest nothing but the cat. The poor young fellow was quite comfortless at having so poor a lot.

"My brothers," said he, "may get their living handsomely enough by joining their stocks together; but for my part, when I have eaten up my cat, and made me a muff of his skin, I must die of hunger."

The Cat, who heard all this, but made as if he did not, said to him with a grave and serious air:

"Do not thus afflict yourself, my good master. You have nothing else to do but to give me a bag and get a pair of boots made for me that I may scamper through the dirt and the brambles, and you shall see that you have not so bad a portion in me as you imagine." The Cat's master did not build very much upon what he said. He had often seen him play a great many cunning tricks to catch rats and mice, as when he used to hang by the heels, or hide himself in the meal, and make as if he were dead; so that he did not altogether despair of his affording him some help in his miserable condition. When the Cat had what he asked for he booted himself very gallantly, and putting his bag about his neck, he held the strings of it in his two forepaws and went into a warren where was great abundance of rabbits. He put bran and sow-thistle into his bag, and stretching out at length, as if he had been dead, he waited for some young rabbits, not yet acquainted with the deceits of the world, to come and rummage his bag for what he had put into it.

Scarce was he lain down but he had what he wanted. A rash and foolish young rabbit jumped into his bag, and Monsieur Puss, immediately drawing close the strings, took and killed him without pity. Proud of his prey, he went with it to the palace and asked to speak with his Majesty. He was shown upstairs into the King's apartment, and, making a low reverence, said to him:

"I have brought you, sir, a rabbit of the warren, which my noble lord the Marquis of Carabas" (for that was the title which Puss was pleased to give his master) "has commanded me to present to your Majesty from him."

"Tell your master," said the King, "that I thank him and that he does me a great deal of pleasure."

Another time he went and hid himself among some standing corn, holding still his bag open, and when a brace of partridges ran into it he drew the strings and so caught them both. He went and made a present of these to the King, as he had done before of the rabbit which he took in the warren. The King, in like manner, received the partridges with great pleasure, and ordered him some money for drink.

The Cat continued for two or three months thus to carry his Majesty, from time to time, game of his master's taking. One day in particular, when he knew for certain that the King was to take the air along the riverside, with his daughter, the most beautiful princess in the world, he said to his master:

"If you will follow my advice, your fortune is made. You have nothing else to do but go and wash yourself in the river, in that part I shall show you, and leave the rest to me."

The Marquis of Carabas did what the Cat advised him to, without knowing why or wherefore. While he was washing the King passed by, and the Cat began to cry out:

"Help! Help! My Lord Marquis of Carabas is going to be drowned."

At this noise the King put his head out of the coach-window, and, finding it was the Cat who had so often brought him such good game, he commanded his guards to run immediately to the assistance of his Lordship the Marquis of Carabas. While they were drawing the poor Marquis out of the river, the Cat came up to the coach and told the King that, while his master was washing, there came by some rogues, who went off with his clothes, though he had cried out: "Thieves! Thieves!" several times, as loud as he could.

This cunning Cat had hidden them under a great stone. The King immediately commanded the officers of his wardrobe to run and fetch one of his best suits for the Lord Marquis of Carabas.

The King caressed him after a very extraordinary manner, and as the fine clothes he had given him extremely set off his good mien (for he was well made and very handsome in his person), the King's daughter took a secret inclination to him, and the Marquis of Carabas had no sooner cast two or three respectful and somewhat tender glances but she fell in love with him to distraction. The King would needs have him come into the coach and take part of the airing. The Cat, quite overjoyed to see his project begin to succeed, marched on before, and, meeting with some countrymen, who were mowing a meadow, he said to them:

"Good people, you who are mowing, if you do not tell the King that the meadow you mow belongs to my Lord Marquis of Carabas, you shall be chopped as small as herbs for the pot."

The King did not fail asking of the mowers to whom the meadow they were mowing belonged.

"To my Lord Marquis of Carabas," answered they altogether, for the Cat's threats had made them terribly afraid.

"Truly a fine estate," said the King to the Marquis of Carabas.
"You see, sir," said the Marquis, "this is a meadow which never fails to yield a plentiful harvest every year."

The Master Cat, who went still on before, met with some reapers, and said to them:

"Good people, you who are reaping, if you do not tell the King that all this corn belongs to the Marquis of Carabas, you shall be chopped as small as herbs for the pot."

The King, who passed by a moment after, would need to know to whom all that corn, which he then saw, did belong.

"To my Lord Marquis of Carabas," replied the reapers, and the King was very well pleased with it, as well as the Marquis, whom he congratulated thereupon. The Master Cat, who went always before, said the same words to all he met, and the King was astonished at the vast estates of my Lord Marquis of Carabas.

Monsieur Puss came at last to a stately castle, the master of which was an Ogre, the richest had ever been known; for all the lands which the King had then gone over belonged to this castle. The Cat, who had taken care to inform himself who this Ogre was and what he could do, asked to speak with him, saying he could not pass so near his castle without having the honor of paying his respects to him.

The Ogre received him as civilly as an Ogre could do, and made him sit down.

"I have been assured," said the Cat, "that you have the gift of being able to change yourself into all sorts of creatures you have a mind to; you can, for example, transform yourself into a lion, or elephant, and the like."

"That is true," answered the Ogre very briskly; "and to convince you, you shall see me now become a lion."

Puss was so sadly terrified at the sight of a lion so near him that he immediately got into the gutter, not without abundance of trouble and danger, because of his boots, which were of no use at all to him in walking upon the tiles. A little while after, when Puss saw that the Ogre had resumed his natural form, he came down, and owned he had been very much frightened.

"I have been, moreover, informed," said the Cat, "but I don't know how to believe it, that you have also the power to take on you the shape of the smallest animals; for example, to change yourself into a rat or a mouse; but I must own to you I take this to be impossible."

"Impossible!" cried the Ogre; "You shall see that presently."

And at the same time he changed himself into a mouse, and began to run about the floor. Puss no sooner perceived this but he fell upon him and ate him up.

Meanwhile the King, who saw, as he passed, this fine castle of the Ogre's, had a mind to go into it. Puss, who heard the noise of his Majesty's coach running over the draw-bridge, ran out, and said to the King:

"Your Majesty is welcome to this castle of my Lord Marquis of Carabas."

"What! My Lord Marquis?" cried the King, "And does this castle also belong to you? There can be nothing finer than this court and all the stately buildings which surround it; let us go into it, if you please."

The Marquis gave his hand to the Princess, and followed the King, who went first. They passed into a spacious hall, where they found a magnificent collation, which the Ogre had prepared for his friends, who were that very day to visit him, but dared not to enter, knowing the King was there. His Majesty was perfectly charmed with the good qualities of my Lord Marquis of Carabas, as was his daughter, who had fallen violently in love with him, and, seeing the vast estate he possessed, said to him, after having drunk five or six glasses:

"It will be owing to yourself only, my Lord Marquis, if you are not my son-in-law."

The Marquis, making several low bows, accepted the honor which his Majesty conferred upon him, and forthwith, that very same day, married the Princess.

Puss became a great lord, and never ran after mice any more but only for his diversion.

The Fairy Tales of Charles Perrault

The Ridiculous Wishes

In days long past there lived a poor woodcutter who found life very hard. Indeed, it was his lot to toil for little guerdon, and although he was young and happily married there were moments when he wished himself dead and below ground.

One day while at his work he was again lamenting his fate. "Some men," he said, "have only to make known their desires, and straightway these are granted, and their every wish fulfilled; but it has availed me little to wish for ought, for the gods are deaf to the prayers of such as I."

As he spoke these words there was a great noise of thunder, and Jupiter appeared before him wielding his mighty thunderbolts. Our poor man was stricken with fear and threw himself on the ground.

"My lord," he said, "forget my foolish speech; heed not my wishes, but cease your thundering!"

"Have no fear," answered Jupiter; "I have heard your plaint, and have come here to show you how greatly you do wrong me. Hark! I, who am sovereign lord of this world, promise to grant in full the first three wishes which it will please you to utter, whatever these may be. Consider well what things can bring you joy and prosperity, and as your happiness is at stake, be not overhasty, but revolve the matter in your mind."

Having thus spoken Jupiter withdrew himself and made his ascent to Olympus. As for our woodcutter, he blithely corded his fagot, and throwing it over his shoulder, made for his home. To one so light of heart the load also seemed light, and his thoughts were merry as he strode along. Many a wish came into his mind, but he was resolved to seek the advice of his wife, who was a young woman of good understanding.

He had soon reached his cottage, and casting down his fagot: "Behold me, Fanny," he said. "Make up the fire and spread the board, and let there be no stint. We are wealthy, Fanny, wealthy for evermore; we have only to wish for whatsoever we may desire."

Thereupon he told her the story of what had befallen that day. Fanny, whose mind was quick and active, immediately conceived many plans for the advancement of their fortune, but she approved her husband's resolve to act with prudence and circumspection.

"It was a pity," she said, "to spoil our chances through impatience. We had best take counsel of the night, and wish no wishes until tomorrow."

"That is well spoken," answered Harry. "Meanwhile fetch a bottle of our best, and we shall drink to our good fortune."

Fanny brought a bottle from the store behind the fagots, and our man enjoyed his ease, leaning back in his chair with his toes to the fire and his goblet in his hand.

"What fine glowing embers!" he said, "and what a fine toasting fire! I wish we had a black pudding at hand."

Hardly had he spoken these words when his wife beheld, to her great astonishment, a long black pudding which, issuing from a corner of the hearth, came winding and wriggling toward her. She uttered a cry of fear, and then again exclaimed in dismay, when she perceived that this strange occurrence was due to the wish which her husband had so rashly and foolishly spoken. Turning upon him, in her anger and disappointment she called the poor man all the abusive names that she could think of.

"What!" she said to him, "When you can call for a kingdom, for gold, pearls, rubies, diamonds, for princely garments and wealth untold, is this the time to set your mind upon black puddings!"

"Nay!" answered the man, "It was a thoughtless speech, and a sad mistake; but I shall now be on my guard, and shall do better next time."

"Who knows that you will?" returned his wife. "Once a witless fool, always a witless fool!" and giving free rein to her vexation and ill-temper she continued to upbraid her husband until his anger also was stirred, and he had wellnigh made a second bid and wished himself a widower.

"Enough! Woman," he cried at last, "put a check upon your froward tongue! Whoever heard such impertinence as this! A plague on the shrew and on her pudding! Would to heaven it hung at the end of her nose!"

No sooner had the husband given voice to these words than the wish was straightway granted, and the long coil of black pudding appeared grafted to the angry dame's nose.

Our man paused when he beheld what he had worked. Fanny was a comely young woman, and blest with good looks, and truth to tell, this new ornament did not set off her beauty. Yet it offered one advantage, that as it hung right before her mouth, it would thus effectively curb her speech.

So, having now but one wish left, he had all but resolved to make good use of it without further delay, and, before any other mischance could befall, to wish himself a kingdom of his own. He was about to speak the word, when he was stayed by a sudden thought.

"It is true," he said to himself, "that there is none so great as a king, but what of the queen that must share his dignity? With what grace would she sit beside me on the throne with a yard of black pudding for a nose?"

In this dilemma he resolved to put the case to Fanny, and to leave her to decide whether she would rather be a queen, with this most horrible appendage marring her good looks, or remain a peasant wife, but with her shapely nose relieved of this untoward addition.

Fanny's mind was soon made up: although she had dreamed of a crown and scepter, yet a woman's first wish is always to please. To this great desire all else must yield, and Fanny would rather be fair in drugget than be a queen with an ugly face.

Thus our woodcutter did not change his state, did not become a potentate, nor fill his purse with golden crowns. He was thankful enough to use his remaining wish to a more humble purpose, and forthwith relieved his wife of her encumbrance.

The Fairy Tales of Charles Perrault

Little Red Riding Hood

Once upon a time there lived in a certain village a little country girl, the prettiest creature was ever seen. Her mother was excessively fond of her; and her grandmother doted on her still more. This good woman had made for her a little red riding hood; which became the girl so extremely well that everybody called her Little Red Riding Hood.

One day her mother, having made some custards, said to her:

"Go, my dear, and see how your grandma does, for I hear she has been very ill; carry her a custard, and this little pot of butter."

Little Red Riding Hood set out immediately to go to her grandmother, who lived in another village. As she was going through the wood, she met with Gaffer Wolf, who had a very great mind to eat her up, but he dared not, because of some fagot-makers hard by in the forest.

He asked her where she was going. The poor child, who did not know that it was dangerous to stay and hear a Wolf talk, said to him:

"I am going to see my grandma and carry her a custard and a little pot of butter from my mama."

"Does she live far off?" said the Wolf.

"Oh, ay," answered Little Red Riding Hood, "it is beyond that mill you see there, at the first house in the village."

"Well," said the Wolf, "and I'll go and see her, too. I'll go this way and you go that, and we shall see who will be there soonest."

The Wolf began to run as fast as he could, taking the nearest way, and the little girl went by that farthest about, diverting herself in gathering nuts, running after butterflies, and making nosegays of such little flowers as she met with. The Wolf was not long before he got to the old woman's house. He knocked at the door — *tap, tap*.

"Who's there?"

"Your grandchild, Little Red Riding Hood," replied the Wolf, counterfeiting her voice, "who has brought you a custard and a little pot of butter sent you by Mama."

The good grandmother, who was in bed, because she was somewhat ill, cried out:

"Pull the bobbin, and the latch will go up."

The Wolf pulled the bobbin, and the door opened, and then presently he fell upon the good woman and ate her up in a moment, for it was above three days that he had not touched a bit. He then shut the door and went into the grandmother's bed, expecting Little Red Riding Hood, who came some time afterward and knocked at the door — *tap, tap*.

"Who's there?"

Little Red Riding Hood, hearing the big voice of the Wolf, was at first afraid; but believing her grandmother had got a cold and was hoarse, answered:

"It is your grandchild, Little Red Riding Hood, who has brought you a custard and a little pot of butter mama sends you."

The Wolf cried out to her, softening his voice as much as he could, "Pull the bobbin, and the latch will go up."

Little Red Riding Hood pulled the bobbin, and the door opened. The Wolf, seeing her come in, said to her, hiding himself under the bedclothes:

"Put the custard and the little pot of butter upon the stool, and come and lie down with me."

Little Red Riding Hood undressed herself and went into bed, where, being greatly amazed to see how her grandmother looked in her nightclothes, she said to her:

"Grandma, what great arms you have got!"
"That is the better to hug you, my dear."
"Grandma, what great legs you have got!"
"That is to run the better, my child."
"Grandma, what great ears you have got!"
"That is to hear the better, my child."
"Grandma, what great eyes you have got!"
"It is to see the better, my child."
"Grandma, what great teeth you have got!"
"That is to eat you up."

And, saying these words, this wicked Wolf fell upon poor Little Red Riding Hood, and ate her all up.

The Fairy Tales of Charles Perrault

The Fairy

There was once upon a time a widow who had two daughters. The eldest was so much like her in the face and humor that whoever looked upon the daughter saw the mother. They were both so disagreeable and so proud that there was no living with them.

The youngest, who was the very picture of her father for courtesy and sweetness of temper, was withal one of the most beautiful girls ever seen. As people naturally love their own likeness, this mother even doted on her eldest daughter and at the same time had a horrible aversion for the youngest — she made her eat in the kitchen and work continually.

Among other things, this poor child was forced twice a day to draw water above a mile and a-half off the house, and bring home a pitcher full of it. One day, as she was at this fountain, there came to her a poor woman, who begged of her to let her drink.

"Oh, ay, with all my heart, Goody," said this pretty little girl; and rinsing immediately the pitcher, she took up some water from the clearest place of the fountain, and gave it to her, holding up the pitcher all the while, that she might drink the easier.

The good woman, having drunk, said to her:

"You are so very pretty, my dear, so good and so mannerly, that I cannot help giving you a gift." For this was a fairy, who had taken the form of a poor country woman, to see how far the civility and good manners of this pretty girl would go. "I will give you for a gift," continued the Fairy, "that, at every word you speak, there shall come out of your mouth either a flower or a jewel."

When this pretty girl came home, her mother scolded her for staying so long at the fountain.

"I beg your pardon, Mama," said the poor girl, "for not making more haste."

And in speaking these words there came out of her mouth two roses, two pearls, and two diamonds.

"What is it I see there?" said the mother, quite astonished. "I think I see pearls and diamonds come out of the girl's mouth! How happens this, child?" (This was the first time she had ever called her child.)

The poor creature told her frankly all the matter, not without dropping out infinite numbers of diamonds.

"In good faith," cried the mother, "I must send my child there. Come here, Fanny, look what comes out of your sister's mouth when she speaks. Wouldn't you be glad, my dear, to have the same gift given you? You have nothing else to do but go and draw water out of the fountain, and when a certain poor woman asks you to let her drink, to give it to her very civilly."

"It would be a very fine sight indeed," said this illbred minx, "to see me go draw water."

"You shall go, hussy!" said the mother, "and this minute."

So away she went, but grumbling all the way, taking with her the best silver tankard in the house.

She was no sooner at the fountain than she saw coming out of the wood a lady most gloriously dressed, who came up to her, and asked to drink. This was, you must know, the very fairy who appeared to her sister, but now had taken the air and dress of a princess, to see how far this girl's rudeness would go.

"Am I come here," said the proud, saucy slut, "to serve you with water, pray? I suppose the silver tankard was brought purely for your ladyship, was it? However, you may drink out of it, if you have a fancy."

"You are not over and above mannerly," answered the Fairy, without putting herself in a passion. "Well, then, since you have so little breeding, and are so disobliging, I give you for a gift that at every word you speak there shall come out of your mouth a snake or a toad."

So soon as her mother saw her coming she cried out:

"Well, Daughter?"

"Well, Mother?" answered the pert hussy, throwing out of her mouth two vipers and two toads.

"Oh, mercy," cried the mother; "what is it I see? Oh! It is that wretch her sister who has occasioned all this; but she shall pay for it"; and immediately she ran to beat her. The poor child fled away from her, and went to hide herself in the forest, not far from thence.

The King's son, then on his return from hunting, met her, and seeing her so very pretty, asked her what she did there alone and why she cried.

"Alas, sir, my mama has turned me out of doors."

The King's son, who saw five or six pearls and as many diamonds come out of her mouth, desired her to tell him how that happened. She thereupon told him the whole story; and so the King's son fell in love with her, and, considering himself that such a gift was worth more than any marriage portion, conducted her to the palace of the King his father, and there married her.

As for the sister, she made herself so much hated that her own mother turned her off; and the miserable wretch, having wandered about a good while without finding anybody to take her in, went to a corner of the wood, and there died.

The Fairy Tales of Charles Perrault

Bluebeard

There was a man who had fine houses, both in town and country, a deal of silver and gold plate, embroidered furniture, and coaches gilded all over with gold. But this man was so unlucky as to have a blue beard, which made him so frightfully ugly that all the women and girls ran away from him.

One of his neighbors, a lady of quality, had two daughters who were perfect beauties. He desired of her one of them in marriage, leaving to her choice which of the two she would bestow on him. They would neither of them have him, and sent him backward and forward from one another, not being able to bear the thoughts of marrying a man who had a blue beard, and what besides gave them disgust and aversion was his having already been married to several wives, and nobody ever knew what became of them.

Bluebeard, to engage their affection, took them, with the lady their mother and three or four ladies of their acquaintance, with other young people of the neighborhood, to one of his country seats, where they stayed a whole week.

There was nothing there to be seen but parties of pleasure, hunting, fishing, dancing, mirth, and feasting. Nobody went to bed, but all passed the night in rallying and joking with each other. In short, everything succeeded so well that the youngest daughter began to think the master of the house not to have a beard so very blue, and that he was a mighty civil gentleman.

As soon as they returned home, the marriage was concluded. About a month afterward, Bluebeard told his wife that he was obliged to take a country journey for six weeks at least, about affairs of very great consequence, desiring her to divert herself in his absence, to send for her friends and acquaintances, to carry them into the country, if she pleased, and to make good cheer wherever she was.

"Here," said he, "are the keys of the two great wardrobes, wherein I have my best furniture; these are of my silver and gold plate, which is not every day in use; these open my strong boxes, which hold my money, both gold and silver; these my caskets of jewels; and this is the master-key to all my apartments. But for this little one here, it is the key of the closet at the end of the great gallery on the ground floor. Open them all; go into all and every one of them, except that little closet, which I forbid you, and forbid it in such a manner that, if you happen to open it, there's nothing but what you may expect from my just anger and resentment."

She promised to observe, very exactly, whatever he had ordered; when he, after having embraced her, got into his coach and proceeded on his journey.

Her neighbors and good friends did not stay to be sent for by the new married lady, so great was their impatience to see all the rich furniture of her house, not daring to come while her husband was there, because of his blue beard, which frightened them. They ran through all the rooms, closets, and wardrobes, which were all so fine and rich that they seemed to surpass one another.

After that they went up into the two great rooms, where was the best and richest furniture; they could not sufficiently admire the number and beauty of the tapestry, beds, couches, cabinets, stands, tables, and looking-glasses, in which you might see yourself from head to foot; some of them were framed with glass, others with silver, plain and gilded, the finest and most magnificent ever were seen.

They ceased not to extol and envy the happiness of their friend, who in the meantime in no way diverted herself in looking upon all these rich things, because of the impatience she had to go and open the closet on the ground floor. She was so much pressed by her curiosity that, without considering that it was very uncivil to leave her company, she went down a little back staircase, and with such excessive haste that she had twice or thrice like to have broken her neck.

Coming to the closet-door, she made a stop for some time, thinking upon her husband's orders, and considering what unhappiness might attend her if she was disobedient; but the temptation was so strong she could not overcome it. She then took the little key, and opened it, trembling, but could not at first see anything plainly, because the windows were shut. After some moments she began to perceive that the floor was all covered over with clotted blood, on which lay the bodies of several dead women, ranged against the walls. (These were all the wives whom Bluebeard had married and murdered, one after another.) She thought she should have died for fear, and the key, which she pulled out of the lock, fell out of her hand.

After having somewhat recovered her surprise, she took up the key, locked the door, and went upstairs into her chamber to recover herself; but she could not, she was so much frightened. Having observed that the key of the closet was stained with blood, she tried two or three times to wipe it off, but the blood would not come out; in vain did she wash it, and even rub it with soap and sand; the blood still remained, for the key was magical and she could never make it quite clean; when the blood was gone off from one side, it came again on the other.

Bluebeard returned from his journey the same evening, and said he had received letters upon the road, informing him that the affair he went about was ended to his advantage. His wife did all she could to convince him she was extremely glad of his speedy return.

Next morning he asked her for the keys, which she gave him, but with such a trembling hand that he easily guessed what had happened.

"What!" said he, "Is not the key of my closet among the rest?"

"I must certainly have left it above upon the table," said she.

"Fail not to bring it to me presently," said Bluebeard.

After several goings backward and forward she was forced to bring him the key. Bluebeard, having very attentively considered it, said to his wife, "How comes this blood upon the key?"

"I do not know," cried the poor woman, paler than death.

"You do not know!" replied Bluebeard. "I very well know. You were resolved to go into the closet, were you not? Mighty well, Madam; you shall go in, and take your place among the ladies you saw there."

Upon this she threw herself at her husband's feet, and begged his pardon with all the signs of true repentance, vowing that she would never more be disobedient. She would have melted a rock, so beautiful and sorrowful was she; but Bluebeard had a heart harder than any rock!

"You must die, Madam," said he, "and that presently."

"Since I must die," answered she, looking upon him with her eyes all bathed in tears, "give me some little time to say my prayers."

"I give you," replied Bluebeard, "half a quarter of an hour, but not one moment more."

When she was alone, she called out to her sister, and said to her: "Sister Anne" (for that was her name), "go up, I beg you, upon the top of the tower, and look if my brothers are not coming over; they promised me that they would come today, and if you see them, give them a sign to make haste."

Her sister Anne went up upon the top of the tower, and the poor afflicted wife cried out from time to time: "Anne, sister Anne, do you see anyone coming?"

And sister Anne said: "I see nothing but the sun, which makes a dust, and the grass, which looks green."

In the meanwhile Bluebeard, holding a great saber in his hand, cried out as loud as he could bawl to his wife: "Come down instantly, or I shall come up to you."

"One moment longer, if you please," said his wife, and then she cried out very softly, "Anne, sister Anne, do you see anybody coming?"

And sister Anne answered: "I see nothing but the sun, which makes a dust, and the grass, which is green."

"Come down quickly," cried Bluebeard, "or I will come up to you."

"I am coming," answered his wife; and then she cried, "Anne, sister Anne, don't you see anyone coming?"

"I see," replied sister Anne, "a great dust, which comes on this side here."

"Are they my brothers?"

"Alas, no, my dear sister, I see a flock of sheep."

"Will you not come down?" cried Bluebeard.

"One moment longer," said his wife, and then she cried out: "Anne, sister Anne, do you see nobody coming?"

"I see," said she, "two horsemen, but they are yet a great way off."

"God be praised," replied the poor wife joyfully; "they are my brothers; I will make them a sign, as well as I can, for them to make haste."

Then Bluebeard bawled out so loud that he made the whole house tremble. The distressed wife came down, and threw herself at his feet, all in tears, with her hair about her shoulders.

"This signifies nothing," says Bluebeard; "you must die"; then, taking hold of her hair with one hand, and lifting up the sword with the other, he was going to take off her head. The poor lady, turning about to him, and looking at him with dying eyes, desired him to afford her one little moment to recollect herself.

"No, no," said he, "recommend yourself to God," and was just ready to strike.

At this very instant there was such a loud knocking at the gate that Bluebeard made a sudden stop. The gate was opened, and presently entered two horsemen, who, drawing their swords, ran directly to Bluebeard. He knew them to be his wife's brothers, one a dragoon, the other a musketeer, so that he ran away immediately to save himself; but the two brothers pursued so close that they overtook him before he could get to the steps of the porch, when they ran their swords through his body and left him dead. The poor wife was almost as dead as her husband, and had not strength enough to rise and welcome her brothers.

Bluebeard had no heirs, and so his wife became mistress of all his estate. She made use of one part of it to marry her sister Anne to a young gentleman who had loved her a long while; another part to buy captains' commissions for her brothers, and the rest to marry herself to a very worthy gentleman, who made her forget the ill time she had passed with Bluebeard.